KB076607

봄이 오기
마련이다

봄이 오기 마련이다

발행	2022년 01월 03일
저자	온양용화중학교 '모여라 글쟁이 동아리(김건, 김문규, 김유영, 김하나, 박서은, 박혜인, 오민지, 우영리, 윤성령, 이서영, 이채림, 정시후, 채서희, 천하은)'
펴낸이	한건희
펴낸곳	주식회사 부크크
출판사등록	2014. 07. 15(제2014-16호)
주소	서울특별시 금천구 가산디지털1로 119 A동 305호
전화	1670-8316
E-mail	info@bookk.co.kr
ISBN	979-11-372-6890-6

봄이 오기 마련이다

모여라 글쟁이 지음

김 건 김문규 김유영 김하나 박서은
박혜인 오민지 우영이 윤성령 이서영
이채림 정시후 채서희 천하은

BOOKK

목차

학기 초,

어쩌다 '모여라 글쟁이' 동아리에 들어왔습니다.

원해서 들어오기도 했고

가위바위보에 져서 울며 겨자 먹기로 들어오기도 했습니다.

그리고 이상한(?) 선생님을 만나서 글쓰기에 참여하게 됐습니다.

글을 쓰기 위해서

삶에서 마주했던 경험을 들여다봤고,

새로운 나를 꿈꾸기도 했습니다.

쓰다 보니 '나'를 소재로 소설, 에세이, 시를 완성했습니다.

15년의 짧은 인생 경력.

글은 나의 작은 경험에서 시작했지만,

내가 원하는 것과, 상상한 것들을 녹여내니

어느새 내 경험이 아닌, 다른 무언가가 되었습니다.

우리들의 경험과 욕망, 상상의 반죽인 이 글들을 읽고
조금이나마 풋풋한 즐거움을 느낄 수 있기를 바래봅니다.
재미있게 봐주세요.

글 완성하도록 이끌어 주시고 독촉해 주신
양철웅 쌤께 감사드려요.

-모여라 글쟁이 일동-

▽ 새벽,
여행가다

우영리

　새벽이는 오늘도 학교로 등교를 했다. 하지만 새벽이는 하루종일 학교에서 시간을 보내는 것을 이해하지 못하였다. 그리고 자기가 스스로를 학교라는 틀에 가두어 놓는다고 생각해서 학교 가기를 너무나도 싫어하는 아이이다.

　하루는 1교시가 지나고 학교에서 빨리 나가 자신에게 정말 도움 되는 모험을 하기로 결정했다. 일단 2교시 중간에 보건실을 간다고 한 후 교복 조끼 안에 가방을 넣은 후, 배를 움켜잡고 교실을 나갔다. 교실을 나간 후 신발을 챙겨서 교문까지 뛰어가서

잽싸게 학교를 빠져 나갔다.

그 다음 집에 잠깐 들러서 학교 가방을 내려놓고 모험 가방을 챙기고 옷을 갈아입고 집에서도 신속하게 빠져나왔다. 아! 여기서 모험 가방은 모험할 때 필요한 물건을 넣어놓은 가방이다. 이 모험 가방은 새벽이의 아빠의 취미인 캠핑 가방이다. 하루를 거의 경찰서에서 보내시는 아빠는 주말만 되면 캠핑을 간다. 또 새벽이 아빠는 만일을 대비해서 마취총을 장롱 깊숙이 보관하는데, 새벽이는 모험에 필요할 것 같아서 마취총을 모험 가방에 넣어놓았다.

그리고 집 앞에 있는 산을 타고 반대편으로 가기 위해 계속계속 오르막길을 올랐다. 오르막길을 얼마 오르지 않아 발이 아파서 잠깐 쉬기로 하였다. 발을 쉬게 하려고 신발을 벗었는데 새끼 발가락에서 피가 나고 있었다. 급히 모험 가방 안에 있는 반창고와 소독약을 꺼내 바르고 다시 산을 올랐다. 해가 지자 새벽이는 텐트를 꺼내 그 안에서 저녁을 먹고 잠이 들었다.

아침이 다가오고 새벽이는 새 소리를 들으며 다시 산을 올랐다. 걷고 또 걷고 계속 오르다 보니 산 정산에 도착하였다. 정상에서 기념으로 사진도 찍고 바위에 앉아 빵과 주스를 아침으로 먹었다. 빵과 주스를 먹으면서 경치를 바라본 새벽이는, 산과 계곡이 어우러진 장면을 보니 마음이 웅장해지는 것 같았다.

이제 오르막길보다 훨씬 쉬운 내리막길이니 마음 편히 내려가도 좋았다. 아침을 다 먹고 내려가고 있는데 풀숲에서 스스슥-소리가 났다. 급히 새벽이는 마취총을 꺼내 주변을 경계하였다. 하지만 3-4분 정도 아무런 일도 일어나지 않아서 다시 내려가고 있는데 이젠 새벽이의 뒤에서 샤샤샥- 하는 소리가 들렸다. 겁이 난 새벽이는 총을 집고 뒤를 돌아보니 멧돼지 2마리가 새벽이를 노려보고 있었다.

　새벽이는 마취총으로 멧돼지 한 마리를 먼저 제압하려 했다. 멧돼지 눈을 보며 서로 기싸움을 하듯이 서로를 매섭게 노려보다가 자신이 먼저 멧돼지를 공격하기로 마음을 먹었다. 그리곤 한치의 망설임도 없이 멧돼지를 향해 총구를 겨누었다.

　탕- 총소리가 나고 새벽이는 멧돼지를 바라봤는데 멧돼지는 새벽이를 노려볼 뿐 총 맞은 흔적이 하나도 없었다. 당황한 새벽이는 다시 집중해서 총을 쐈다. 멧돼지는 새벽이가 쏜 총에 맞아 다리를 절뚝이며 사라졌다. 나머지 멧돼지도 제압하려고 하는데, 총이 발사되지 않았다. 가슴이 철렁해서 '아…! 이 모습이 나의 마지막 모습이구나!'라고 생각하니 순간 머릿속이 하얘지며 가슴이 철렁했다. 이렇게 죽을 줄 알았다면 내가 먹고 싶은 것, 하고 싶은 것, 갖고 싶은 것, 고백하는 것 모두 해볼 걸… 이것들을 못 해 본 것이 후회가 되었다.

　이런 생각을 하다가 정신을 차리고 얼른 나무 위로 올라 급히 몸을 피했다. 하지만 새벽이가 올라간 나무를 멧돼지가 죽일듯이 발톱으로 찍어서 새벽이와 맷돼지의 거리는 점점 좁혀졌다.

그런데 갑자기 새벽이는 기가 막힌 아이디어가 떠올랐다. 아까 먹다 남은 주스를 맷돼지의 눈에 뿌리기로! 아까 산 정상은 뜨거운 햇빛으로 새벽이의 피부도 다 녹여버릴 것 같았다. 그 햇빛을 받았던 주스는 손만 대도 뜨거울 것이다.

맷돼지와 새벽이 사이의 거리가 10m 정도의 거리에서 점점 좁혀지자 새벽이는 주스 뚜껑을 열어 맷돼지의 눈에 뿌렸다. 정통으로 맞은 맷돼지는 괴로워하며 고통스러워 하고 있었다. 쓰러진 맷돼지를 보니 미안한 마음과 동시에 나 자신이 대견한 마음이 들었다.

맷돼지와의 싸움에서 내가 이긴 것이다!

지친 새벽이는 급히 산 아래로 내려가 한 시골마을로 도착했다. 시골마을은 사람들이 아직도 한복을 입고 있는 그야말로 세상과 단절되어 있는 마을이었다. 반면 새벽이는 요즘에 유행하고 있는 T-셔츠, 운동화, 신상모자를 쓰고 있어서 시골마을 사람들은 새벽이를 신기하게 바라보았다. 새벽이는 쑥스러워 마을 끝에 있는 집으로 가 구석에 텐트를 치고 쉬고 있었다.

배가 고파서 가방을 뒤적거리고 있을 때 마을 족장이 새벽이의 텐트 안에 들어왔다. 한 손에는 먹을 것을, 다른 한 손에는 입을 옷을 들고 있었다. 마을 아이들도 마찬가지였다.

새벽이는 그 모습이 귀여워 자기 텐트에 초대하여 구경 시켜준

후 아이들과 고무줄놀이, 연날리기, 제기차기, 공기놀이 등등을 하며 재미있게 놀았다. 하루를 시골 마을에서 재밌게 놀고 맛있는 것을 먹고 마을 주민들께 감사 인사를 전하고 다시 길을 떠났다.

집이 아닌 다른 곳에서 나를 아무 조건 없이 받아주는, 그런 따뜻한 감정을 느낀 것은 처음이었다. 처음 만난 사람들과 낯선 음식을 나누어 먹는 경험 또한 새롭고, 설렌다. 모든 것이 처음인 것 같다. 이렇게 따뜻한 사람들과의 만남도 말이다. 나 혼자만의 새로운 경험이 이렇게 많아지다니…. 누군가에게 빨리 이 이야기를 전하고 싶은 충동이 일어났다.

계속 걸으니 어느새 바닷가에 도착하였다. 바닷가는 너무 조용해서 마치 우주에 온 듯한 느낌이었다. 새벽에 내린 새하얀 눈 위를 내가 처음 걷는 듯한 느낌이었다. 새벽이는 한참을 멍때리다가 갑자기 부모님이 걱정되었다. 5일째 아무 연락도 안 했으니 엄마가 많이 걱정하고 있을 것 같아 미안했다.

핸드폰으로 엄마에게 전화를 하였지만 엄마는 받지 않았다. 새벽이는 초초하고 걱정되어서 집에 돌아가기로 결심을 하였다.

그런데 배를 운전하는 아저씨가 갑자기 새벽이를 부르더니 배를 헐값에 팔겠다는 것이었다. 새벽이는 솔깃하여 집에 갈 생각을 잊고 바로 자신이 가지고 있는 50만 원으로 배를 사버렸다.

추석, 명절 때 받은 용돈을 먹고 싶은 것도 참고, 갖고 싶은 것도 참으며 모은 50만 원 이었다. 하지만 배를 사기 위해 이 전 재산을 다 써 버렸다. 하지만 새벽이는 내가 정말 원하는 것을 사기 위해 모은 돈이니 하나도 아쉽지 않았다.

어디부터 갈지 행복한 고민에 빠진 새벽이는 배를 타고 갈 수 있는 가장 가까운 나라, 처음으로 가볍게 도전할 수 있는 나라인 일본에 가기로 결심하였다. 밤 늦게 혼자 배를 타고 별들 속에서 밝게 빛나는 바다를 보니 새벽이는 마음이 너무나 평화로워졌다.

얼마 후 환한 불빛이 보였다. 새벽이는 나침반을 들어서 확인해 보았다. 바늘이 동쪽을 가리켰다. 일본에 도착한 것이었다! 배에서 내려 밧줄로 배를 고정시킨 후, 거리를 구경하며 돌아다녀 보았다. 거리 사방에는 맛있는 냄새, 신기하게 생긴 기념품, 따뜻한 온천이 새벽이를 반기고 있었다. 들뜬 마음에 새벽이는 무작정 가게 안으로 들어갔다.

주문을 신나게 하고 배고픈 마음을 달래고 있는데, 그때 생각이 났다. 지금 가진 돈이 하나도 없다는 것을…. 그래서 새벽이는 터덜터덜 가게를 나와 다시 배로 돌아갔다. 배 안에서 모험 가방 안에 있는 마지막 라면을 허겁지겁 먹었다.

먹고 잠에 곯아떨어진 새벽이는 깨보니 깜짝 놀랐다. 자기가 바다 한가운데에 둥둥 떠다니고 있었다! 어젯밤에 비가 많이 와서 밧줄이 풀려서 배가 떠내려 온 것 같았다. 갑자기 일어난 일이라 당황한 새벽이는 어찌할지 모르고 당황하던 순간, 이게 바로 모험이라는 생각을 했다.

간신히 정신을 차리고 급히 새벽이는 의자에 앉아 안전벨트를 하고, 구명조끼를 입은 후 모험 가방을 챙겨 몸을 움츠리고 있었다. 얼마쯤 지나 주위가 조용해지자 새벽이는 눈을 떠보고 움츠린 몸을 서서히 폈다. 새벽이의 배는 바다 한가운데에 덩그러니 있었다. 그렇게 해서 새벽이는 의도치 않게 배 안에서 지구촌 구경을 하게 되었다.

첫 번째 나라는 바나나가 많이 열려있는 베트남, 그다음은 소들이 거리 위에서 자고 있는 인도 등등 배 안에서 신나게 전 세계를 구경하였다. 그리고 배가 고플 때는 배 안에 있는 낚싯대로 물고기를 잡아 구워 먹었다. 이렇게 한달 간 행복한 여행을 보낸 새벽이는 다시 엄마, 아빠가 생각나서 한국으로 돌아가고 있었다.

바다를 건너고, 산을 오르고 내리고를 반복해서 아파트에 도착했다. 11층을 누르고 엘리베이터를 타고 올라가 11층에 도착했다. 문이 열리는데 문 앞에는 엄마가 서 계셨다. 새벽이는 너무 반가워서 엄마에게 뛰어가 안겼다. 엄마와 함께 집으로 들어간 새벽이는 소파에 앉아서 집안을 천천히 살펴보았다. 지금 보니 집이 정말 작아 보인다는 것을 느낀 새벽이였다. 큰 산도 혼자 타고, 순수한 마을에서 혼자 지내보고, 심지어 우리나라가 아닌 일본까지 여행하고, 더 크게 나가서 전 세계를 여행한 새벽이는 지금 자신이 앉아 있는 공간이 정말 작고 아늑하다는 느낌을 받았다.

그때, 거실 창밖으로 나비 한 마리가 날아가는 것이 보였다. 마치 비좁았던 허물을 방금 벗어난 것처럼, 윤기 있는 날개로 팔랑팔랑 자유롭게 날아가고 있었다.

▽ 변이

김하나

　부모님이 결혼기념일을 맞아 일주일 간 강원도 강릉으로 여행을 떠났다. 많이 힘드셨을 텐데 이번 여행으로 피로를 쭉 풀고 즐거운 여행이 되셨으면 좋겠다고 생각했다. 나는 15살 동생인 현우와 일주일 간 둘이서 지내야 한다. 부모님이 없으니 내가 더 잘 돌봐야겠다고 다짐했다. 코로나가 끝난 지 얼마 안된 터라 조금 걱정은 되지만 부모님이 즐거운 여행을 떠나 기뻤다.

　부모님께서 여행을 간 지 3일째 되는 날, 페이스북에서 엄청나게 유행을 끄는 한 영상이 나타났다. 한 남성이 기절해 있다가 미친 듯이 경련을 일으키고 뛰어다니는 것이다. 사람들은 이 남성이 주작으로 촬영한 것이라고 생각하며 이 남성을 비웃었다. 하지만 나는 이 남성이 의도적으로 주작한 영상이라고 생각하지 못했다. 진심으로 아파하는 거 같았고 힘들어해 보였다. 진실이 무엇인지는 잘 모르겠으나 나도 재미있어 하며 웃었다. 이 영상이 올라온 지 몇 분이 지나지 않아 다른 영상들도 올라오기 시작했다. 아까 본 남성과 같이 죽은 듯 기절했다가 다른 사람이 된 것처럼 날뛰기 시작했다.

이 영상들에는 하나같이 공통점이 보였다. 사람에게 얼굴을 들이밀기도 했고, 몸에 있는 코, 귀, 눈과 같은 구멍에서 피를 흘리곤 했다. 나는 문득 무서운 생각이 들었다. 코로나와 같은 바이러스가 온 세상에 퍼진 것이 아닌가 걱정이 되었다. 우리를 정말 힘들게 했던 코로나, 이 코로나와 같은 바이러스가 다시 우리에게 왔다는 생각에 끔찍한 기분이 들었다.

다음 날 아침 24뉴스가 방송되고 있다. 뉴스 앵커가 속보를 전달하고 있었다.

"이번 바이러스는 코로나19가 변형되어 나타난 바이러스로 비말에 의해 또는 직접 감염자에게 물려서 감염이 될 수도 있습니다. 감염률이 매우 높을뿐더러 치사율이 높습니다"

또 우리는 코로나19와 같은 처참한 상황에 처했나 보다. 다시는 오지 않길 바랐던 상황에 우리는 다시 놓여졌다. 아직 정부에서는 확실한 정체가 발견되지 않았다고 말한다. 대응 방법을 말해주지도 않고 그냥 집에서 머무르라는 조치가 다였다. 이전 코로나19를 겪어봐서 그런지 미리 비상식량과 비상약을 구비해놓는 사람들이 많았다. 나도 부족한 식량과 약을 사러 다녀왔다.

허겁지겁 집에 도착해 짐을 풀려는 순간 벨소리가 울렸다. 누군가 우리 집에 찾아왔다. 인터폰으로 누가 집에 왔는지 확인했다. 앞에 한 여성은 모자를 눌러써서 누군지 구별이 되지 않았고, 후줄근한 옷차림에 문을 열어주기에는 꺼려졌다. 그래서 나는 먼저 인터폰으로 물었다.

"누구세요…?"

나의 물음에 여성은 답하지 않고 그저 쿵 쿵 쿵… 문을 두드렸다.

그 여성은 계속 아무 대답도 하지 않고 주먹을 불끈 쥐곤 문이 부서질 듯 두들겼다. 미친 듯이 두들기던 중 "도와주세요!"라고 외치며 문 앞에 툭 쓰러졌다. 쓰러진 지 3분이 되었을까 갑자기 몸을 일으키더니 경련을 일으켰다. 손과 다리는 모두 꺾였고 눈깔은 이미 돌아갔다. 문에 머리를 박아 피를 흠뻑 흘린 채로 복도를 걸어가고 있다. 누가 봐도 미친 것처럼 보였다. 나는 방금 저 여자가 새로운 바이러스에 감염되었다고 확신했다.

하지만 동생에게 이 일을 말하지 못했다. 동생의 나이는 고작 14살. 아직은 이 상황을 받아들이기에는 힘들 것 같다고 판단했다. 곧장 엄마에게 연락을 해보았다. 부산에서 즐거운 여행 중이라서 그런지 연락이 안 된다. 몇 차례 전화를 걸어보아도 받지 않는다. 어떻게 해야 할지 안절부절못하던 중 현수가 TV를 틀었다. 지금 TV에는 뉴스가 방송되고 있었다.

"이미 강원도 전체가 바이러스에 감염되어 생존자를 찾기 힘들며 찾더라도 구조가 힘든 상황입니다."

동생이 해맑게 웃으며 나에게 말을 걸었다.

"누나 저게 뭐야??"

나는 동생에게 아무런 대답도 해주지 못했다. 결혼 이후 처음으로 간 여행에서 부모님이 돌아가셨다는 생각에 눈물이 가득 찼다. 눈물이 눈 앞을 가렸다. 한참을 툭 치면 눈물이 흐를 것 같은 눈으로 현수를 바라보기만 했다. 앞으로 어떻게 이 세상을 현수와 살아가야 할지에 관한 수많은 걱정거리가 머릿속에 가득 찼다.

그때 새로운 소식이 전해졌다. 이번 바이러스는 '좀비 바이러스'로 불리며 인간의 모습은 한 시체라는 뜻을 가진 좀비와 비말, 즉 비말에 감염된다는 단어가 합쳐진 '좀비 바이러스'라는 것이다. 좀비가 되면 온몸에 있는 구멍에서 피를 흘리기도 하고 경련이 일어난다. 이 좀비의 특이한 점은 사람의 속도에 비해 느리다는 것이다. 또 코로나19와 같이 마스크, 손소독제가 유일한 방역 방법이며 최대한 집안에서 활동할 것을 당부했다.

띠리링! 띠리링! 긴급 재난 문자가 오는 소리에 잠에서 깼다.

[아산시청] 10월 28일 확진자 102명, 타지역 방문을 자제하고 마스크 착용 등 개인방역수칙을 준수하길 바랍니다.

　점차 바이러스가 퍼지고 있는 중인가 보다. 밖에서는 웅성웅성 사람들이 한 목소리로 외치고 있다. 사람들이 팻말을 들고 마스크도 안 쓴 채
　"생명을 존중해 달라! 좀비에게도 인권이 있다!"
　라고 외치고 있었다. 나는 밖에서 무슨 일이 일어나고 있는지 궁금했다.
　"현수야, 누나 잠깐 밖에 나갔다 올게. 절대 밖에 나가지 말고 집에 얌전히 있어."
　나는 현수에게 초코파이를 주며 말했다.
　"응, 누나! 나갔다 와서 밥 먹자 배고파…."
　현수는 지금 무슨 일이 일어나고 있는지 전혀 모르는 듯하다. 나는 현수가 눈치채기 전에 빠르게 나갔다. 밖에 나가서 두리번두리번 주변을 살폈다. 하지만 사람들은 나를 쳐다도 보지 않고 언성을 높이며 외칠 뿐이었다. 주변 사람들에게 물어보니 좀비를 강제 해부하여 원인을 조사하거나 좀비화된 사람들을 조롱하는 영상이 만들어지기 시작되었다고 한다. 그래서 군인들이

좀비를 제압하고 있는데 총으로 좀비를 겨누지 말자는 사람들이 방해하여 일이 잘 풀리지 않아 충돌하고 있던 것이다. 사람들이 좀비들 앞을 가로막고 계속하여 시위를 벌였다. 팽팽한 신경전을 벌이던 중 한 사람이 물리고 또 다른 한 사람… 꼬리에 꼬리를 물어 점차 확산되어 갔다. 그곳은 점차 아수라장이 되어갔다. 군인들은 나를 포함한 남은 사람들은 빠르게 대피시켰고 그곳과 10미터 정도 거리의 경계를 두어 좀비 제한구역으로 지정하였다.

안전지대에 들어가기 위해서는 마스크는 필수였다. 마스크를 쓰지 않고 시위하던 사람들은 제지를 당했고 나는 사람들에게 밀쳐지며 안전지대에 떠밀려 들어갔다. 대피소에 들어서자 따뜻한 공기가 나의 볼에 맞닿았다. 따뜻한 공기와 북적거리는 사람들, 조금은 다행이라는 생각이 들었다. 그것도 잠시, 집에 혼자 있을 현수가 떠올라 전화를 걸어보았다. 끊기지 않는 전화음, 현수에게 무슨 일이 생긴 거 같다. 나는 홀로 위험을 무릅쓰고 현수를 찾으러 가야 했다.

나는 이중문을 통과하여 다시 위험한 밖으로 향했다. 일단 좀비들로부터 벗어나고 자신을 방어하기 위해 쓰레기장으로 무기를 찾으러 향했다. 쓰레기장에는 커튼봉, 선풍기, 후라이팬뿐이었다. 어쩔 수 없이 나의 오른쪽 손에 커튼봉을 들고, 헌 옷 수거함에서 건진 옷들로 팔과 목을 휘감았다. 그리고 굳은 마음으로 다짐한 후 앞으로 한 걸음씩 나섰다.

생각보다 평온한 길거리 ㄱ에 반해 폐허가 된 것 같은 모습, 왠지 모를 차가운 바람이 손목을 스쳤다. 나는 떨리는 손을 꼭 쥐고 앞으로 나아갔다. 나는 좀비들이 다가오지 못하게 신속하게 이동해야만 했다. 움직임을 최대한 적게 하고 살금살금 움직였다.

집에 반쯤 도착했을까? 좀비들이 서서히 우리 뒤를 따라오고 있었다. 앞, 뒤 그리고 양옆까지 막혔다. 좀비들에게 벗어나기 위해 좀비들이 피가 터지고 비틀거려도 죽을 때까지 때렸다. 좀비가 나를 물었지만 옷을 휘감은 덕분에 쉽게 감염되지 않았다. 쓰레기장에서 주운 커튼봉과 옷들 덕분에 다행히 이 상황을 벗어 날 수 있었다.

얼마 지나지 않아 이번에는 15살도 안되어 보이는 한 좀비가 우리 뒤를 쫓아오고 있었다. 다른 좀비 같았으면 바로 커튼봉을 휘둘렀겠지만 나는 집에서 기다리는 현수가 생각나서 도저히 휘두룰 수 없었다. 차마 그 좀비를 때려 죽일 수 없어 밧줄로 나무에 묶어 놓았다.

어린 좀비를 뒤로한 채 다시 집을 향해 가고 있었다. 골목에 들어서자 현수가 뛰어오고 있었다. 나는 "현수야!!"라고 다급하게 외쳤다. 하지만 좀비들이 앞을 지나도 해맑게 웃고 있을 뿐이었다. 게다가 좀비들이 현수에게 달려들지 않았다.

나는 의문이 들었다. 좀비가 왜 현수에게만 달려들지 않았을까…. 혹시나 현수가 좀비 바이러스 항체를 가지고 있는가 싶어 바로 옆 병원으로 갔다. 간호사 언니가 급하게 뛰어가더니 좀비 항체 키트를 가지고 왔다. 또 혹시나 하는 마음에 나도 같이 항체 테스트를 하기로 했다. 나는 뾰족한 바늘 끝을 보고도 무덤덤했지만 현수는 날카로운 바늘을 보곤 눈을 질끈 감았다. 현수의 덜덜 떨리는 손을 꼭 붙잡았다. 의사 선생님께서는 혈액을 채취한 후 나와 현수의 혈장에 시약을 투여했다.

시약을 투여한 지 10분이 지났을 때 두 키트 모두 빨간색 두 줄이 선명하게 색칠되었다. 의사 선생님은 간호사와 몇 번의 사인을 주고 받더니 우리를 어디론가 끌고 갔다. 나와 현수는 조금의 시간도 없이 꽉 닫힌 문 사이로 급하게 끌려갔다.

나와 현수는 머리를 두 차례 맞고 기억을 잃었다. 눈을 뜨자 환하게 비치는 커다란 불빛 아래에 나와 현수가 놓여 있었다. 고개를 돌리자 수의복을 입은 사람이 놀란 나에게 말을 걸었다.

"너무 놀라지마~. 여기는 좀비 바이러스 항체로 백신을 만들기 위해 만든 연구소야."

수의복을 입은 사람의 입가의 미소가 은은히 비추었지만 나는 주의를 경계하고는 여기서 탈출해야겠다고 생각했다. 나는 일어나려고 했다. 하지만 나와 현수는 팔과 다리가 묶여 있어 움직이지 못하였다. 그때 난 짐작을 할 수 있었다. 이곳은 평범한 병원이 아니라는 것을.

　현수를 쳐다보니 현수도 눈치를 챈 모양이었다. 수의사가 주변을 둘러보더니 뭔가 놓고 온 것 같았다.

　"여기서 얌전히 기다리고 있어!"

　수의사는 우리에게 말하고 나갔다.

　그러자 현수가 뒷주머니에서 날카로운 유리 조각을 꺼냈다. 그리곤 묶여 있는 팔과 다리를 풀고 나를 풀어주며 여기서 얼른 나가고 싶다고 말하였다.

　나는 구석에 있던 파이프를 들고 현수와 문 밖으로 조심스럽게 나갔다. 나는 나가면서 현수에게 유리 조각을 어디서 났냐고 물었다. 현수는 씩 웃으며 말했다.

　"아까 혹시 몰라서 주워놨지!"

　문을 열자 복도가 나왔다. 그 복도에는 수많은 좀비들이 감옥에 있었다. 나와 현수는 무서웠지만 소리를 내지 않고 조심스럽게 계속 걸었다.

　그렇게 또 다른 문을 열었더니 한 간호사가 좀비를 침대에 묶어두고 있었다. 간호사는 우리를 보고 말하였다.

　"너네 어떻게 나온 거야!!"

　간호사가 소리 지르는 소리에 나는 너무 놀라 간호사를 내리쳤다. 현수와 나는 혹시나 간호사에게 이곳에 대한 정보나 물건이 있을까 하며 간호사의 옷을 뒤졌다. 한참을 뒤지던 그때 간호사

왼쪽 주머니에서 휴대폰이 나왔다.

　그 휴대폰으로 나와 현수는 경찰에 신고를 하고 밖으로 갈 수 있는 문을 찾으러 나섰다. 그런데 소리도 없이 뒤에서 수의복을 입은 남자가 나타났다. 나와 현수는 서로 눈치를 주고 앞으로 냅다 뛰었다.

　그렇게 도망을 가다보니 결국 길이 끊겨버렸다. 다시 나가려고 하는데 수의복을 입은 남자가 다시 우리 앞에 나타났다. 오른쪽 손에 주사를 들고 우리에게 다가왔다. 그 남자가 팔을 힘껏 들어 나의 목 쪽으로 주사기의 바늘이 나를 향하게 조준했다. 그때 나는 파이프를 막 휘둘러 그 주사를 쳐서 부수고 현수는 소리를 질렀다. 그러자 수의복을 입는 남자는 뒷걸음질을 했다. 나는 그 틈을 놓치지 않고 남자 앞으로 다가가 그대로 파이프로 내리쳤다.

　그러자 그 남자는 쓰러지고 그렇게 우리는 다시 길을 찾으며 조심스럽게 나가고 있었다. 그때 밖에서 발소리가 났다. 그 발소리는 우리가 있는 방문 앞에서 멈추었다. 나와 현수는 덜덜 떨며 때릴 준비를 하였다. 갑자기 문이 벌컥 열리고 나와 현수가 내리치려고 했다. 하지만 그 사람은 군인이었다. 나와 현수는 안심을 하며 눈물을 흘리고 군인 아저씨를 따라 밖으로 나가게 되었다. 밖에는 수많은 군인들과 경찰, 기자들이 있었다. 딱딱할 것만 같은 군인 아저씨들이 우리를 감싸 안아주었다. 작은 담요와 핫초 코를 건네며 나와 현수를 위로하는 듯하였다. 그리고 우리는 항 체를 갖고 있음을 밝히고 우리의 피를 뽑아 백신을 만들어냈다.

3년 후, 세상은 다시 예전으로 돌아갔다. 아무런 일도 없었다는 듯이. 12번의 계절이 지났지만 우리의 가슴 속에는 그때의 기억 이 여전히 박혀있다. 가끔은 그때의 기억에 밤을 설치기도 하지 만 나와 현수는 서로를 의지하며 극복해 나가는 중이다.

▽ 봄 처 럼 때 로 는
겨 울 처 럼

천하은

최윤우의 이야기1

학기 초 여러 아이들이 내게 '안녕!'이라며 먼저 다가와 인사했지만 나는 그 모든 말에 끝끝내 답할 수 없었다. 평소 활발하고 친화력이 좋은 아이들은 나의 침묵에도 '혹시 무슨 책 읽어?', '재밌어?'와 같은 또 다른 질문들을 보내지만 나는 또다시 침묵할 수밖에 없었다. 나의 계속되는 침묵에 아이들은 다 떠나간다. 고맙게도 그냥 아무 말 없이 조용히 가는 애들도 있지만, 세상은 그렇게 호락호락하지 않다. 대부분의 아이들은 '아, 뭐야, 안 들리나. 대답을 안 해.', '싸가지' 그러면서 자기 친구들에게 돌아가 '무슨 벙어린 줄, 그냥 말을 쌩까네.' 등등 나를 힐긋힐긋 째려보며 이러한 말들을 이어나간다. 내게 다 들리는 걸 아는지 모르는지. 저런 말들은 들어도 들어도 익숙해지지가 않는다. 나는 계속되는 아이들의 부담스러운 시선에 책상에 엎드려 속으로 생각했다. '왜 또 아이들의 질문에 대답하지 못했지? 도대체 왜 이렇게 됐을까?'

아마 내가 이렇게 된 이유는 그날 그 일 때문일 것이다. 나는 원래 이렇게 조용하고 소심한 아이가 아니었다. 활발하고 말도 많고 소위 말하는 인싸 중에 인싸였다. 항상 내 자리는 나를 찾아온 친구들로 북적였고 내 주위엔 항상 친구들이 넘쳐났다. 그곳엔 나를 존경의 눈빛으로 쳐다보는 몇몇 아이들도 있었다. 또 나 스스로 말하긴 민망하지만 큰 키와 반반한 얼굴 그리고 모든 운동을 잘하는 뛰어난 운동신경 덕분에 항상 인기도 많았다. 우리집은 항상 화목했고 누가 봐도 화목한 그런 집안이었다. 술, 담배도 안 하시고 항상 가족이 먼저이신 다정다감하신 아버지, 따뜻하고 마음씨도 넓은 아름다우신 어머니. 그리고 그런 부모님 밑에서 올바르게 자란 나와 여동생. 이렇게 넷이서 오붓하고 행복하게 지내어 왔다.

하지만 아버지의 새 사업이 망하고 나서 그때부터 우리집은 망가져 갔다. 평소 술을 한 모금도 안 하시던 아버지가 어느 날 갑자기 처음으로 술에 취해 집에 오셨던 그날. 항상 가족이 먼저고 다정다감하셨던 아버지가 막 소리를 지르고 울부짖으며 집을 쑥대밭으로 만드셨던 그날. 아무리 우리가 큰 잘못을 해도 작은 손찌검 같은 건 하나도 없으셨던 비폭력주의자인 아버지가 어머니부터 나, 게다가 아직 초등학생인 여동생 윤아에게까지 막 폭력을 휘두르셨던 그날. 나는 그날을 아직도 아니 평생을 잊을 수 없을 것이다. 항상 활발하고 인기도 많고 그랬던 내가 소심하고 말도 없는 그런 아이가 된 이유는 다 그날의 일 때문이다. 나는 화목했던 우리집이 망가진 걸 티내지 않으려고 발버둥을 쳤다. 애써 힘겨운 마음을 억누르며 친구들과 잘 지내려고 노력했다.

친구들이 나를 어떻게 생각할까? 나를 싫어하진 않을까? 나를 혐오하진 않을까? 애들이 그 사실을 알게 되면 나는 왕따가 되지 않을까? 등의 생각들이 나를 집어 삼켜버렸다.

이런 생각들에 사로잡혀 버린 나는 점점 말이 없어졌고 표정도 어두워져 갔다. 애써 티나지 않게 발버둥 쳤지만 어쩔 수 없었다. 나와 가장 친했던 주혁이가 가장 먼저 나의 변화를 눈치챘다. 그리고선 은근슬쩍 내게 물었다.

"야 너 무슨 일 있냐? 요즘 너답지 않게 왜 그래? 좀 이상해."

주혁이의 그 질문에 나는 할 말이 목 끝까지 차올랐지만 나는 끝내 말하지 못했다. 너무 무서웠다. 혼자가 되기 싫었다. 그래서 나는 침묵을 택했다.

"아냐, 별일 없어. 요즘 좀 피곤해서 그래"

"그래? 그럼 다행이고."

하지만 점차 아버지의 폭력과 폭언은 심해졌고 내 생활도 망가져갔다. 애써 티 내지 않으려고 노력했지만 티가 났는지 나는 점점 아이들과 멀어져 갔다.

특히 멀어지게 된 계기 중 하나는 국어 조별 활동을 하며 일어났다. 하나의 주제를 선정해 조사 후 PPT발표를 해야 하는 활동이었는데 나는 자료조사를 맡았다.

하지만 이런저런 상황에 계속 치이며 힘든 나날을 보내면서 자료조사를 제대로 하지 못했고 그러면서 우리 조의 조장과 나 사이의 갈등이 발생하였다. 다 내 잘못이었기 때문에 나는 진심을 다해 사과하였다. 하지만 조장의 화는 쉽게 누그러지지 않았다.

하지만 주혁이 덕분에 이 갈등을 잘 해결할 수 있었다.

주혁이가 조장에게 같이 사과를 해주고 해명하자 조장의 화는 누그러졌다. 이 사건을 계기로 나와 주혁이의 사이는 더욱 돈독해졌다.

나는 주혁이에게 점차 마음을 열었고 우리집에서 있었던 그 사건에 대해 심사숙고 후 모든 것을 말해주었다.

얘기를 다 들은 주혁이는 눈물을 흘리며 나를 위로했다.

"미안해… 나는 그런 것도 모르고, 많이 힘들었지?"

그 말에 애써 참아온 눈물이 흘렀다. 나를 위해 울어주는 주혁이가 너무나 고마웠다.

하지만 문제는 이 다음날이었다.

주혁이와 얘기를 나눈 다음 날 나는 오랜만에 기분 좋은 마음으로 학교에 갔다. 문을 열고 교실로 들어가는 순간 분위기는 순식간에 차가워졌고 아이들은 나를 쳐다보며 수군거렸다.

"야 쟤네 아빠가 막 사람 때린다매? 쟤도 나중에 우리 때리는 거 아니야?"

"와 무섭다 무서워."

나는 그 짧은 순간 수군대는 아이들의 목소리와 그 시선이 나의 숨을 억누르는 것 같았고 바로 교실을 뛰쳐나왔다. 나는 온 힘을 다해 뛰어가면서 생각했다.

'갑자기 어떻게 된 일이지?'

'애들이 왜 모든 것을 다 알고 있지?'

'아는 애들이 없을 텐데.'

그때 문득 머릿속에 주혁이가 스쳐 지나갔다. 생각해보니 우리 집의 일을 말한 건 주혁이밖에 없었다.

'에이 아니야, 설마 나를 위해 울어준 내 하나밖에 없는 친구가 그럴 리가 없어.'

나는 잠시라도 그 생각을 한 내가 싫었다. 하지만 생각의 꼬리를 물고 물어도 아무리 생각해봐도 한주혁밖에 없었다. 계속해서 뛰어 잠시 멈춰보니 나는 이미 멀리 와있었다.

여기가 어딘지도 모르겠다. 나는 돌아가려고 했지만 돌아갈 곳이 없었다. 집도 학교도 날 반겨줄 곳은 내가 돌아갈 곳은 단 한 군데도 없었다. 그때 내 눈에 놀이터가 보였다. 놀이터로 들어가 미끄럼틀 밑에 앉는 순간 눈물이 뚝뚝 떨어지더니 파도처럼 떠밀려왔다. 애써 괜찮다고 생각해왔는데 실은 전혀 괜찮지 않았다. 무서웠다. 두려웠다. 그냥 이 상황이 싫었다. 죽고 싶었다. 어차피 날 찾는 사람은 없을 테니 이러한 생각들이 내 머릿속을 헤집고 다니며 나를 못 살게 굴었다. 그 때 아담하고 여리여리해 보이는 한 여자아이가 내게 말을 걸었다.

"안녕! 혹시 무슨 일 있어? 시간이 너무 늦어서 위험할 텐데…."

나는 아무런 대답도 하지 않았다. 아니 못했다.

"시간이 늦었으니까 얼른 집에 가. 부모님이 걱정하시겠다."

아무런 대답도 않자 여자아이는 다시 제 갈 길을 갔다. 그 여자아이의 말에 정신을 차리고 주위를 둘러보니 벌써 어둑해졌다. 나는 어쩔 수 없이 집으로 돌아갔다.

서봄의 이야기1

평소와 다름없이 학교가 끝나고 학원을 갔다 집에 오는 길이었다. 그냥 오늘따라 이상하게 기분이 좋았던 나는 기쁜 발걸음으로 집을 향해 걸어가고 있었다. 그러다 갑자기 아주 작게 서글

픈 울음소리가 저 멀리서 들려왔다. 나는 주변을 둘러보았다. 저쪽 놀이터에서 나는 소리 같았다. 나는 한발 한발 천천히 다가갔다. 평소의 나라면 그냥 지나쳐 갔겠지만 오늘따라 기분이 좋아서 그냥 내 발이 나를 그리로 이끌었다. 그렇게 간 놀이터에는 웬 잘생긴 남자아이가 쭈그려 앉아 울고 있었다. 그날의 내가 갑자기 무슨 용기가 난 건지는 모르겠지만 그 아이에게 다가가 말을 걸었다

"안녕! 혹시 무슨 일 있어? 시간이 너무 늦어서 위험할 텐데…"

하지만 그 아이는 아무런 대답도 반응도 하지 않았다. 나는 전혀 굴하지 않고 다시 한번 그 아이에게 말했다.

"시간이 늦었으니 얼른 집에 가. 부모님이 걱정하시겠다."

그 아이는 여전히 아무런 말도 행동도 하지 않았다. 그 말을 끝으로 나는 다시 집으로 발걸음을 돌렸다. 집에 와 잘 준비를 하고 누웠을 때 그 아이의 얼굴이 떠올랐다. 눈에 초점이 없고 슬픔으로 가득찬 그 아이의 눈. 오똑한 코와 잘생겼지만 우울했던 그 아이의 얼굴, 그 아이의 얼굴이 내 머릿속을 떠나지 않았다. 그렇게 계속 그 아이의 얼굴만 생각하다 잠에 들었다. 자고 일어나서도 학교에 가서도 학원을 가서도 내 머릿속은 그 아이로 가득차 있었다. 그렇게 며칠, 몇 주, 몇 달이 지나 이제 슬슬 그 아이가 내 머릿속에서 사라져 가고 있을 때 즈음 고등학교 입학식에서 그 아이를 다시 마주했다. 그 아이를 제대로 다시 만난 건

등교 첫날이었다. 설레면서도 걱정되는 마음으로 교실에 들어갔을 때 많고 많은 아이들 중 그 아이만 보였다. 나는 그 아이에게 슬그머니 다가가 반갑게 인사했다.

"안녕! 혹시 너 나 기억해? 우리 저번에 놀이터에서 마주쳤었는데 완전 반갑다. 이것도 인연인데 우리 친하게 지내자! 내 이름은 서봄이야. 너는?"

하지만 그 아이는 또다시 아무 말도 없었다. 나는 전혀 굴하지도 기죽지도 않았다. 그때 그아이의 명찰이 보였다. 나는 그 아이의 명찰을 보고 또다시 말을 걸었다.

"최윤우...이름 예쁘다. 최윤우구나. 그럼 앞으로 잘 부탁해!"

그 아이는 여전히 아무 말도 없었다. 나는 내 자리로 돌아갔다. 그렇게 우리의 학교생활은 계속 되었다.

최윤우의 이야기2

집으로 돌아갔을 때 나를 마주한 건 다름 아닌 아버지의 손찌검이었다. 나는 나보다 계속 집에 있었을 동생과 어머니가 걱정되었다. 나는 아버지를 뒤로 한 채 설이와 엄마부터 찾아다녔다. 뒤에선 나를 향한 아버지의 온갖 욕설들이 마구 들려왔지만 애써 무시한 채 윤아와 엄마를 열심히 찾아다녔다. 하지만 윤아와 엄마는 이 좁디좁은 집구석 어디에도 없었다. 순간 '설마 죽은 건 아닐까?'하는 섬뜩한 생각이 내 머릿속을 스쳐 지나갔다. 나는 아버지에게 가 소리쳤다.

"우리 엄마 어딨어? 윤아는?!"

"설마 당신이 또 때렸어?"

"엄마랑 윤아 어딨냐고."

내 말을 듣고 아버지라는 인간은 히죽거리며 말했다.

"아 그 여편네랑 그년? 아마 죽었을걸?"

"좀 때렸더니 비틀거리면서 도망가더라 아… 더 때릴수 있었
는데… 뭐 살았을지 죽었을지 모르지."

차마 입에 담기도 힘든 그 말을 아무렇지도 않게 하는 아버지
가 정말 치가 떨렸다. 그 말을 듣자마자 나는 뛰쳐나왔고 울부짖
으며 엄마와 윤아를 찾아다녔다. 그렇게 진짜 죽었을지도 모른
다는 불안감이 나를 삼켜가고 있을 때 즈음 갑자기 전화 한 통이
걸려왔다.

"여보세요? 어… 윤우야 엄마야."

다름 아닌 엄마였다.

"여보세요. 엄마 어디야? 괜찮은 거지? 윤아는? 뭐 어디 다친
데는 없고?"

나는 다급히 말했다.

"어, 엄만 괜찮아. 윤아도 엄마랑 같이 있어. 우리 아들 어디 다
친 데는 없고?"

엄마가 떨리는 목소리로 말했다. "어 나도 괜찮지. 엄마 어디

야? 내가 데리러 갈게."

몇 초의 정적 후 엄마가 입을 뗐다.

"어… 아들"

우는 듯한 목소리였다. 난 불안했다. 무슨 일이 일어난 걸까. 엄마가 말을 이어 나갔다.

"엄마가 미안해. 정말 엄마가 미안해…."

"왜 무슨 일인데, 무슨 일 있어?"

다시 아무 말도 없이 몇 초의 시간이 흘렀다. 전화기 너머로는 엄마의 흐느끼는 듯한 소리가 작게 흘렀다.

"엄마가 윤아랑 멀리 좀 왔어. 정말 너무 힘들어서 죽을 것 같아서…. 엄마가 미안해. 윤우야 너무 미안해. 엄마가 윤우 너도 데리고 왔어야 했는데 정말 미안해. 엄마가 나중에 또 전화할게, 꼭 할게, 알았지? 잘 지내고 엄마가 정말 미안하고 사랑해 아들."

엄마의 그 말을 끝으로 엄마와의 마지막 전화가 끝이 났다.

"여보세요? 엄마? 엄마?"

나는 아무런 말도 생각도 하지 못하고 그냥 그 자리에 털썩 주저앉았다. 너무 황당해서 눈물도 안 났다. 아무리 내가 평소에 나는 괜찮다고 엄마랑 윤아만이라도 도망가라고 했어도 정말 이렇게 나만 놓고 가버릴 줄은 몰랐는데. 아무런 말도 없이 떠나버릴 줄은 몰랐는데. 그래도 살아있어서 다행이라고 생각했다. 엄마와 윤아가 죽었으면 난 정말 살 이유가 없었을 테니까. 삶을 포기하고 그 둘을 따라가려고 했을 테니까. 나는 일어나서 아무 생각도 없이 터벅터벅 길을 걸었다. 그렇게 아무 생각 없이 계속 걷다 도착한 곳은 놀이터였다. 바로 내가 학교를 뛰쳐 나와 갔었던 그때 그 놀이터. 내 발이 나를 또 이곳으로 이끌었다. 나는 그때 그 자리에 앉았다. 앉자마자 갑자기 또르륵 눈물이 흘렀다. 나는 그렇게 또 한참을 울었다. 그때 놀이터에서 나에게 말을 걸었던 그 여자아이가 떠올랐다. 오늘도 갑자기 나타나지 않을까? 나에게 말을 걸진 않을까? 지금 와서 생각해보면 나는 그때 그 아이가 오기를 내심 기대했던 것 같다. 하지만 끝끝내 그 아이는 오지 않았고 나는 집으로 돌아갔다.

  그 뒤로도 끔찍한 내 생활은 계속됐다. 중간중간 살기 싫어질 때쯤이면 그 아이를 만났던 놀이터로 갔다. 어느새 그 놀이터는 존재 자체만으로도 내게 위로를 주는 나만의 위로의 장소가 되어있었다. 나는 그곳에 갈 때마다 내심 그 아이가 오기를 기대했었다. 하지만 수없이 많이 그곳을 찾아갔지만 그 아이를 다시 만나지는 못했다. 그렇게 그 아이는 내 머릿속에서 잊혀져 갔다.

  어느덧 지옥 같았던 중학교 생활이 끝이 나고 나는 고등학생이 되었다. 집에서 5분도 안 걸리는 거리에 고등학교가 있었지만 나는 1시간이나 걸리는 곳으로 갔다. 지옥 같았던 그곳에서 벗어나고 싶었다. 그곳에서 벗어날 수만 있다면 무슨 짓이든 할 수 있을 것 같았다. 나는 중학교 때처럼만은 되지 않겠다고 다짐하고 또 다짐했다. 그렇게 다짐하고 또 다짐했지만 결과는 똑같았다. 입학식 날은 정신없이 흘러갔고 첫 등교일 아이들이 내게 말을 걸어왔지만 나는 그 어떤 대답도 할 수 없었다. 중학교 때처럼 될까봐 차라리 그럴 바엔 혼자 조용히 지내는 게 훨씬 낫다고 생각했다. 그래서 아무 말도 아무 대답도 할 수 없었다. 그렇게 아이들이 다 떠나가고 있을 때 한 아이가 내게 말을 걸어왔다. 나는 한눈에 알아볼 수 있었다. 내가 여태까지 기다리고 기다렸던 놀이터에 그 여자아이. 그 아이는 내게 말을 걸면서 반갑게 다가왔다.

"안녕! 혹시 너 나 기억해? 우리 저번에 놀이터에서 마주쳤었는데. 완전 반갑다. 이것도 인연인데 우리 친하게 지내자! 내 이름은 서봄이야. 너는?"

하지만 나는 또 아무 말도 하지 못했다. 나 또한 그 아이가 너무나도 반가웠지만 그 인사를 받아주고 싶었지만 무서웠다. 지옥 같았던, 정말 죽고 싶었던 그때로 돌아가게 될까봐. 나는 또다시 침묵을 택했다. 그렇게 나는 또다시 혼자가 되었다. 그렇게 혼자 조용히 학교 생활을 했다. 중간중간 몇몇 친구들이 내게 말을 걸어주기도 했지만 나는 항상 침묵했다. 나를 왕따시킨 한주혁 그 아이의 얼굴이 항상 떠올랐다. 나는 아직 그 세월에 갇혀 있었다. 나의 계속되는 침묵에 아이들은 전부 다 떠나갔다. 하지만 단 한 아이 서봄만이 나를 떠나지 않고 계속해서 나에게 말을 걸어주었다. 나의 침묵에도 전혀 굴하지 않고 계속해서 나에게 말을 걸어왔다. 하지만 나는 여전히 아무 말도 하지 않았다. 나는 속으로 생각했다.

'친구? 그딴 건 다 부질없어. 정신 차려, 최윤우. 그렇게 당하고도 정신 못 차렸어?'

나는 계속해서 다짐하고 또 다짐했다. 절대 누군갈 믿지 않겠다고. 하지만 그 아이는 어느새 내 마음 한편에 자리잡고 있었다. 그 아이가 말을 걸 때마다 내 심장은 철렁거렸다. 누군갈 믿지 않겠다고 그렇게 다짐하고 다짐했는데 그 아이가 내게 말을 걸 때마다 나는 흔들렸다. 무너지고 있었다. '안녕 좋은 하루 보내.', '점심 맛있게 먹어', '조심히 가' 등 나의 침묵에 지치지도 않는지 하루도 빠짐없이 매일 내게 다가와 말을 걸었다. 나는 점차 나도 모르게 그 아이에게 마음을 열어가고 있었다. 하지만 그 아이가 내게 다가올수록 그 아이가 좋아지면 좋아질수록 나는 더욱더 두려웠다. 그래서 그 아이를 멀리하기 시작했다. 그 아이도 점점 지치는지 나에게 말을 거는 횟수가 점차 줄어들었고 나를 멀리하는 듯했다. 내가 바라는 대로 되긴 했지만 나의 마음은 항상 불편했다. 그 아이가 다시 다가와주길 바랐다. 내게 말 걸어주길 바랐다.

서봄의 이야기2

나는 계속해서 윤우 그 아이에게 말을 걸며 다가갔다. '안녕 좋은 하루 보내.', '점심 맛있게 먹어.', '조심히 가.' 등 많은 말들을 보냈지만 항상 돌아오는 것은 침묵밖에 없었다. 왜인지는 모르겠지만 나는 점점 오기가 생겼고 그 아이의 답을 꼭 듣고 말겠다고 다짐했다. 어느새 나의 시선은 항상 그 아이를 향해 있었다. 하지만 그 아이는 내 쪽을 단 한 번도 쳐다보지 않았다. 그런데 점점 시간이 지날수록 시선이 느껴지기 시작했다. 내가 그 아이 쪽을 쳐다볼 때면 그 아이와 눈이 마주쳤고 눈이 마주치는 횟수도 점점 늘어갔다. 나는 내심 기뻤다. 그 아이와 가까워진 것 같았다. 내게 마음을 열어주는 것 같아 좋았다.

하지만 어느 순간부터 그 아이가 나를 멀리하는 듯한 느낌이 들었다. 기분 탓은 아니었다. 그 아이가 정말 나를 멀리하기 시작했다. 원래도 나의 말에 대답을 하진 않았지만 이제는 아예 무시했다. 내 쪽을 쳐다보지도 않았다. 거들떠 보지도 않았다. 나도 점차 나도 모르게 지쳐가고 있었다. 나도 그냥 내 할 일 하기로 했다. 어차피 내 마음 알아주지도 못할 테니까. 나는 애써 무시하고 내 할 일을 하려고 했지만 쉽지 않았다. 계속 그 아이가 아른거렸다. 그렇게 하루, 이틀… 몇 주가 지났다. 많은 생각 후 내린 결론은 나는 그 아이를 포기 못 한다는 것이다. 나는 그 아이에게 다시 말 걸기로 다짐했다. 솔직히 내가 다시 말을 걸 수 있을지 모르겠다. 자신만만했던 나는 어디 가고 왜 소심한 쭈글이가 됐는지. 하지만 나는 용기내 다시 말을 걸었다.

"혹시 초콜릿 좋아해? 이거 먹어!"

하지만 그 아이는 여전히 아무 말도 없이 침묵했다. 내심 당황한 눈치였다. 하긴 뭐 당황할 만하다. 몇 주째 말도 없던 아이가 다시 말을 걸어오니, 나 같아도 당황했을 것 같다.

그래도 나는 다시 용기를 얻고 계속해서 다시 말을 걸었다. 매일 매일 하루도 빠짐없이. 매일 말을 걸긴 했지만 항상 가슴 한 켠이 답답했다. '왜, 그 아이는 항상 침묵할까?', '내가 싫은 걸까?', '무슨 일이 있었나?'하는 질문들이 내 머릿속을 항상 떠다녔다. 물어보고 싶었지만 그 아이가 대답한다는 보장도 없고 간신히 조금, 아주 조금 가까워진 듯한 그 거리마저 다시 멀어질까봐 그냥 애써 모른척 했다. 나는 그냥 시답잖은 얘기들만 했다. 오늘 날씨는 어떻네, 밥은 맛있게 먹었나 하는 평범한 얘기들. 또다시 그 아이는 내게 마음을 열어가고 있는 듯했다.

다시 전처럼 눈이 마주쳤고 나의 질문에 대답이라도 하려는 듯이 망설이기도 했다. 뭐 여전히 돌아오는 건 침묵뿐이긴 했지만 나는 그 아이와 친해지고 싶었다. 그냥 가까워지고 싶었다

왜 그런지는 모르겠다. 그냥 그 아이가 좋았다.

최윤우의 이야기3

하루. 이틀… 몇 주가 지나도록 그 아이는 여전히 내게 아무 말도 하지 않았다. 나는 이상하게 그 아이가 계속 아른거렸다. 나의 시선은 항상 그 아이를 향해 있었다. 매일 나를 바라보던 시선이 이제는 느껴지지 않았다. 이제는 나와 그 아이의 역할이 바뀐 것 같았다. 내가 그 아이에게 너무 잔혹하고 매정하게 대한 것 같아 미안한 마음이 들었다. 하지만 나는 아무것도 할 수 없었다. 그 아이를 기다리는 것밖에. 그러던 어느 날 그 아이가 내게 다시 말을 걸어왔다.

"혹시 초콜릿 좋아해? 이거 먹어!"

나는 그대로 멈춰 눈만 깜박였다. 그 아이를 기다리고 있긴 했지만 이렇게 갑작스럽게 말을 걸 줄은 몰랐으니까. 너무나도 당황스러웠지만 한편으로는 너무나도 좋았다. 나는 기쁜 마음을 감추고 다시 책을 읽어나가려고 했으나 책이 눈에 들어올 리가 있나. 슬금슬금 올라가는 입꼬리를 감추려고 그냥 엎드려 버렸다. 전처럼 그 아이는 내게 다시 말을 걸어왔다. 날씨 얘기, 밥 얘기 그냥 이런저런 시시콜콜한 얘기들. 별거 아니었지만 나는 그런 시시콜콜한 얘기들이 너무 좋았다. 다시 눈이 마주치는 횟수가 점점 늘어났다. 나는 행복했다. 중간중간 여러 고난과 역경이 있기도 했지만 그 아이 덕분에 여러 고난과 역경을 이겨낼 수 있었다. 여전히 난 아무 말도 할 수 없었지만 그 아이는 계속해서 내게 다가와 주었고 이제 난 그 아이 없이는 단 하루도 버티지 못할 것 같았다. 그 아이는 모르겠지만 어느새 그 아이는 내 삶의 든든한 버팀목이 되어있었다. 나는 점차 그 아이에게 마음을 열어가고 있었다. 어느 때와 다름없이 그 아이가 내게 "안녕!"이라며 말을 걸어왔고 갑자기 어디서 용기가 난 건지 아주 작은 목소리로 "응."이라고 대답했다. 더도말고 딱 한 글자 "응".

정적이 흘렀다. 아주 짧은 몇 초의 시간이었지만 그 시간만큼은 그 아이와 나 단둘만 있는 듯한 느낌이 들었다. 항상 초롱초롱하고 아름다운 그 아이의 눈과 항상 칙칙하고 우울한 나의 눈이 마주쳤다. 그 아이와 눈이 마주친 순간 동안 그 아이의 아름다운 눈은 우울한 나의 눈을 잠시나마 행복하게 만들었다. 나는 연갈색의 그 아이의 눈을 홀린 듯이 계속해서 쳐다보았다. 그러다 갑자기 그 아이의 눈에서 또르륵 하고 눈물이 흘러내렸다. 그 아이와 나 모두 당황했다.

"어… 괜찮아? 미안."

나는 자리에서 벌떡 일어나 사과했다. 사실 아직도 내가 뭘 잘못 했는지 모르겠지만 너무 당황한 나머지 사과를 해야 할 것만 같았다. 어느새 반 아이들의 시선이 우리를 향해 있었다.

"아니야, 괜찮아. 내가 더 미안."

그 아이가 말하며 황급히 화장실로 달려갔다. 나는 아이들의 눈치를 보며 서둘러 자리에 앉았다. 그 아이는 쉬는 시간이 끝나가도록 오지 않았고 나는 '나 때문에 그런 건가', '갑자기 무슨 일이 일어난 건가', '괜찮은 건가'하는 여러 가지 생각을 했다. 쉬는 시간이 끝나갈 때 즈음 그 아이는 수업을 알리는 시작종과 함께 돌아왔다. 다행히 그 아이는 괜찮아 보였다. 나는 안도의 한숨을 내쉬었다. 그렇게 점심시간이 되었다. 밥을 먹고 돌아오니 책상에 웬 쪽지가 놓여 있었다. 쪽지의 주인공은 그 아이였다. 쪽지에는 '안녕! 아까는 너무 당황스러웠지… 미안. 사실 네가 대답해 줄지 몰랐거든. 근데 네가 대답해줘서 너무 좋았어. 그냥 당황스러워서 그랬던 거야 많이 놀랐지, 미안해…'라고 쓰여 있었다. 내가 싫은 건 아니라니 다행이다. 그 쪽지를 읽으면서 그 아이의 얼굴, 목소리, 말투, 행동까지도 생생히 느껴졌다. 나는 피식 웃었다. 그 아이답다고 생각했다.

서봄의 이야기3

나는 평소와 다름없이 그 아이에게 말을 걸었다.

"안녕!"

원래는 아무 말도 없어야 하는데 갑자기 조그맣게 대답이 들려왔다.

"응."

짧은 순간이었지만 내 머릿속에는 많은 생각이 들었다. 내가 잘못 들은 건가? 지금 내 말에 대답을 한 건가? 뭐지? 나는 너무 당황한 나머지 아무 말도 할 수 없었다. 그렇게 정적이 흘렀고 그 순간은 마치 시간이 멈춘 것만 같았다. 그 아이와 눈이 마주쳤다. 그 아이의 눈은 마치 바다처럼 깊고 몽롱했다. 나는 그 아이의 눈에 홀린 듯이 그렇게 몇 초 동안 가만히 바라보고 있었다. 그러다 갑자기 눈물이 똑하고 떨어졌다. 갑자기 왜 눈물이 나왔는지는 아직도 모르겠다.

"어… 괜찮아? 미안."

그 아이의 말을 듣자마자 나는 화장실로 뛰쳐 갔다. 너무 민망했다. 민망한 것도 잠시 웃음이 흘러나왔다.

'이게 꿈이야 생시야 그 아이가 내 말에 대답을 해주다니 정말 믿을 수가 없네.'

나는 계속 혼잣말을 중얼거렸다. 계속 실없는 웃음도 새어 나왔다. 나는 애써 기쁜 마음을 감추고 교실로 돌아갔다. 그렇게 계속 히죽거리다가 어느새 점심시간이 다가왔고 난 오늘 점심도 마다한 채 그 아이에게 쪽지를 썼다. 그냥 아까 너무 미안했다고, 사실은 네가 대답해줘서 너무 좋았다고 하는 그냥 별 내용 아니었다. 나는 엎드려서 그 아이가 오기를 기다렸다. 그 아이는 점심을 먹고 돌아와 내 쪽지를 펼쳐보았다. 아무도 못 봤겠지만 나는 그 아이의 입꼬리가 살짝 올라간 것을 봤다. 학교에서도 학원에서도 집에서도 그날 하루종일 내 얼굴에서는 미소가 끊이지 않았다. 드디어 내게 마음을 연 건가? 내 마음을 알아준 건가? 나는 혼자 끊임없이 생각하다 잠에 들었다. 다음날 나는 또 그 아이에게 다시 말을 걸었다.

"안녕."

"응, 안녕"

오늘은 안녕이라고 말도 해줬다. 나는 마치 하늘을 날아갈 듯이 좋았다. 오랫동안 바라고 기다린 일이 이루어져서. 그렇게 하루, 이틀, 일주일이 지나고 우린 짧은 대화도 나눌 수 있는 관계가 되었다. 난 매일 하루하루가 정말 꿈만 같았다. 그 아이는 귀찮아 하는 듯하면서도 나의 모든 말에 대답해 주었다.

"무슨 색 좋아해?"

"동물 좋아해?"

"너 키 몇이야?"

등등 많은 질문을 하면

"남색"

"응"

"182"

귀찮아 하면서도 다 대답해 준다. 그렇게 우리는 하루종일 붙어 다녔다. 급식실을 갈 때도 도서관을 갈 때도 쉬는 시간에도. 내가 일방적으로 따라다니는 느낌이긴 하지만. 그래도 그 아이도 싫은 눈치는 아니었다. 반 아이들이 내게 물었다.

"걔랑 어떻게 친해진 거야? 좀 무섭지 않아? 난 좀 그렇던데."

"아니야 완전 착해! 책도 좋아하고 공부도 잘하고 좋은 애야."

내 대답을 듣고 아이들은 의아하다는 표정으로 돌아갔다. 이번 기회에 애들이랑도 친해졌으면 좋겠다고 생각했다. 어느새 나와 그 아이는 서로의 모든 것을 아는 관계로 발전했다. 나는 용기 내서 왜 처음에 아무 말도 안 했냐고 물어봤다. 그 아이는 처음에는 망설였지만 말해주었다. 사실 아버지가 가정폭력범이었는데 믿었던 친구에게 그 사실을 말했는데 배신을 당하고 학교에 소문이 나서 왕따를 당했었다고 그래서 아직도 사람을 잘 못 믿는다고. 그 아이는 힘겹게 말을 했다. 나는 애써 눈물을 참고 그 아이를 바라보며 말했다.

"많이 힘들었겠다."

딱 이 한마디만 했다. 우리 서로의 눈에는 어느새 눈물이 잔뜩 고여 있었고 그 눈물이 넘쳐 흐를 때 우리는 서로를 껴안고 아무 말도 하지 않았다. 그렇게 다 진정이 된 후 나는 민망한 분위기 속에서 말을 이어나갔다.

"말하기 어려웠을 텐데 이렇게 말 해줘서 고마워. 어떠한 말로도 위로가 되지는 않겠지만 나는 네가 앞으로 꼭 행복했으면 좋겠어. 힘들거나 도움이 필요하면 나한테 말해! 내가 다 도와줄게!"

그 아이는 피식 웃으며 말했다.

"정말 고마워. 나한테 먼저 다가와 줘서. 내가 처음에 너무 못

되게 굴었지? 미안"

"알면 됐네요."

우리는 서로를 바라보며 행복하게 웃었다.

최윤우의 이야기4

그 아이는 계속해서 내게 말을 걸어왔고 나는 그 아이의 모든 말에 대답을 했다. 더 이상 물러나지 않겠다고 다짐했다. 어느새 나와 그 아이는 서로에 대해 모르는 것이 없을 정도의 가까운 사이로 발전했다. 그러던 어느날 갑자기 그 아이가 내게 뭐 하나만 물어봐도 되냐고 그러길래 말해보라고 했다.

"있잖아… 혹시 처음에 왜 아무 말도 안했어?"

언젠가 말을 해야 할 건 알았지만 그게 지금이 될 줄은 몰랐다. 나는 당황해서 아무 말도 하지 못했다. 그렇게 나는 망설이고 망설이다가 대답했다. 아버지 사업이 망하고 상황이 어려워지면서 아버지가 가정폭력을 하셨고 그 사실을 숨기고 숨기다가 친한 친구한테만 말했는데 그 친구가 학교에 소문을 냈고 그러면서 왕따를 당했다고 그래서 지금까지 사람을 대하는 게 무섭고 어렵다고. 내 말을 듣고 그 아이는 떨리는 목소리로 말했다.

"많이 힘들었겠다."

이 한마디만 했다. 별것도 아닌 '많이 힘들었겠다.' 이 한마디가 차갑게 얼어있던 내 마음을 따뜻하게 녹여주었다. 우린 서로를 껴안고 펑펑 울었다. 그렇게 펑펑 울고 그 아이가 먼저 입을 뗐다.

"말하기 어려웠을 텐데 이렇게 말 해줘서 고마워. 어떠한 말로도 위로가 되지는 않겠지만 나는 네가 앞으로 꼭 행복했으면 좋겠어. 힘들거나 도움이 필요하면 나한테 말해! 내가 다 도와줄게!"

나는 그 아이가 너무나도 좋았다. 따뜻한 마음을 가진 이 아이가 정말 너무 좋았다. 그 아이를 향한 마음이 이제 커질 대로 커져서 이제는 그 마음을 감출 수 없었다. 나는 그 아이에게 너를 좋아한다고 네가 있어서 내가 지금 이렇게 살아갈 수 있었다고 말하고 싶었지만 너무 이른 것 같아서 거절당할 것 같아서 결국 내뱉지 못했다. 나는 그냥 대답했다.

"정말 고마워. 나한테 먼저 다가와줘서. 내가 처음에 너무 못되게 굴었지? 미안."

그 아이는 해맑게 웃으며 장난스럽게 대답했다.

"알면 됐네요."

우린 그렇게 한참 동안 서로를 바라보며 웃었다.

우리는 쉬는 시간에도 도서관을 갈 때도 밥을 먹으러 갈 때도 시도 때도 없이 항상 붙어 다녔다. 그렇게 그 아이를 향한 나의 마음은 점점 더 커져 갔다. 그렇게 많은 날들이 지나고 우리는 2학년이 되었고 다른 반으로 배정되었다. 공부하느라 만날 수 있는 시간은 점점 줄어들게 되었지만 우리는 연락도 계속하고 쉬는 시간에도 서로 만나러 가고 하면서 1학년 때와 다름없이 지냈다. 그렇게 우리는 각자의 일상을 보내고 있었다.

하지만 나는 그 아이와 더욱더 가까워지고 싶었고 친구 이상의 관계가 되고 싶었다. 나는 그 아이에게 고백하기로 마음을 먹었고 마음을 먹은 당일 저녁에 그 아이의 집 앞을 찾아갔다. 우린 공원을 걸었다.

그 아이가 장난끼 가득한 얼굴로 물어봤다.

"뭐야 갑자기 왜 왔어? 나 보고 싶었어?"

오랜만에 마주한 그 아이는 더 예뻤다.

"뭐래 ㅋㅋㅋ 그래, 보고 싶어서 왔다! 뭐 불만 있냐?"

나도 장난스럽게 대답했다. 얼굴이 후끈거리는 게 느껴졌다. 지금이 밤이라서 참 다행이라고 생각했다. 그렇게 한참을 걷다가 나는 입을 뗐다.

"나 할 말 있어. 언제부터인지는 모르겠지만 내 시선은 항상 너를 향해 있고 네가 오늘은 뭘 하고 지냈나 밥은 맛있게 먹었나 궁금하고 좋은 곳에 가면 다음에 너랑 같이 오고 싶다는 생각이 들고 네가 내 연락을 안 보면 계속 신경쓰여서 아무것도 할 수가 없고 내 머릿속은 항상 너로 가득해. 나는 너랑 친구 이상의 관계가 되고 싶어. 꼭 대답을 바라고 말한 건 아니야. 말하지 않으면 나중에 후회 할까봐 그냥 내 마음을 전하고 싶었어."

저질러버렸다. 그 아이는 한참 동안 아무 말도 없었다. 그러다 갑자기 그 아이가 입을 뗐다. 나는 듣기 싫었지만 그래도 숨을 다 쉬고 들었다.

"있잖아… 용기 내서 말해줘서 고마워."

나는 거절하는 줄 알고 손을 손톱으로 꾹꾹 누르며 애써 괜찮은 척하고 있었는데 그 아이가 계속 말을 이어나갔다.

"나도 날씨가 좋으면 네가 생각나고 친구들하고 있을 때도 너랑 연락하느라 계속 애들한테 혼나고 친구들이랑 놀면 재미없고 너랑만 놀고 싶고 항상 네가 뭘 하고 있는지 궁금하고 신경쓰여서 내 할 일 제대로 못 한 적도 많았다? 그래서 결론은 나도 너랑 친구하기 싫어 그 이상이 되고 싶어."

나는 그 아이를 바라보고 말했다.

"정말? 하… 사실 나 완전 긴장했다. 내 얼굴 지금 완전 추할 텐데 어두워서 다행이다."

그 아이는 나를 살포시 안아주었다.

"나도 지금 완전 추할 걸?"

그렇게 우리는 친구 이상의 관계로 발전했다. 겨울처럼 꽁꽁 얼어붙어 있던 나의 마음은 어느새 봄처럼 따뜻한 그 아이에게 녹아내렸다.

서봄의 이야기 4

어느덧 우리는 고등학교 2학년이 되었고 우리는 다른 반이 되었다. 그래도 우리는 계속해서 연락도 하고 지내고 만나기도 하면서 계속 친하게 지냈다. 그래도 매일 만나지는 못했다. 우리는 서로 각자의 일상을 보냈다. 그렇게 지내고 있을 때 즈음 어느 날 그 아이가 우리집 앞이라고 잠깐 나올 수 있냐고 하길래 나는 설렌 마음으로 뛰쳐 나갔다. 나는 애써 설레는 마음을 감추고 은근 기대하면서 물어봤다.

"뭐야 갑자기 왜 왔어? 보고 싶었어?"

내 말에 그 아이가 대답했다.

"뭐래 ㅋㅋㅋ 그래, 보고 싶어서 왔다! 뭐 불만 있냐?"

내 심장은 미친 듯이 쿵쾅거렸다. 우린 공원을 걸었고 그 아이가 할 말이 있다며 입을 뗐다.

"나 할 말 있어. 언제부터인지는 모르겠지만 내 시선은 항상 너를 향해 있고 네가 오늘은 뭘 하고 지냈나 밥은 맛있게 먹었나 궁금하고 좋은 곳에 가면 다음에 너랑 같이 오고 싶다는 생각이 들고 네가 내 연락을 안 보면 계속 신경쓰여서 아무것도 할 수가 없고 내 머릿속은 항상 너로 가득해. 나는 너랑 친구 이상의 관계가 되고 싶어. 꼭 대답을 바라고 말한 건 아니야. 말하지 않으면 나중에 후회 할까 봐 그냥 내 마음을 전하고 싶었어."

나는 순간 놀라서 아무 말도 못했다. 뭔가 그 아이가 나랑 같은 마음이었으면 좋겠다고 생각은 했지만 무방비 상태로 이렇게 돌직구 고백을 받으니까 어찌할 바를 몰랐다. 그래도 그 아이에게 나도 너와 같은 마음이라는 걸 꼭 말해주고 싶었다. 그래서 용기를 내서 말했다.

"있잖아… 용기 내서 말해줘서 고마워. 나도 날씨가 좋으면 네가 생각나고 친구들하고 있을 때도 너랑 연락하느라 계속 애들한테 혼나고 친구들이랑 놀면 재미없고 너랑만 놀고 싶고 항상 네가 뭘 하고 있는지 궁금하고 신경쓰여서 내 할일 제대로 못한 적도 많았다? 그래서 결론은 나도 너랑 친구하기 싫어. 그 이상이 되고싶어."

후… 잘 말했나 모르겠다. 내 말을 듣자 그 아이는 안도의 한숨을 내쉬며 말했다.

"정말? 하… 사실 나 완전 긴장했다. 내 얼굴 지금 완전 추할 텐데 어두워서 다행이다."

갑자기 무슨 용기가 났는지 그 아이를 살포시 껴안으며 말했다.

"나도 완전 추할 걸?"

그렇게 우리는 친구 이상의 관계가 되었다.

우리의 이야기

 겨울처럼 차갑게 얼어붙어 있던 서로의 마음을 봄처럼 따뜻한 마음을 가진 서로가 녹였다. 그렇게 우리는 겨울처럼 너무 차갑지도 여름처럼 너무 뜨겁지도 않은 따뜻한 봄처럼 우리의 사랑의 적절한 온도를 유지하며 사랑 중이다. 항상 봄처럼 따뜻한 날만 있지는 않을 것이다. 때로는 겨울처럼 차가운 날도 있겠지만 겨울처럼 차가운 날을 이겨낸다면 우리는 따뜻한 봄날을 마주할 것이다. 다가오는 겨울이 무서울지 몰라도 우리 함께라면 이겨낼 수 있다. 우리는 앞으로의 따뜻한 봄날을 위해 한걸음 더 나아간다.

▽ 하루 아침의
기억들

박혜인

2181년, 기억을 사고파는 시대에 나는 부모님을 사고로 잃었다. 내 이름은 한여름. 중학교 3학년이다. 나는 부모님을 잃은 상실감이 너무 커 아무 생각 없이 행복한 기억만 사들였다. 부모님이 그리울 때마다 행복한 기억을 하루에 하나씩 사게 되니, 서서히 상실감이라는 감정에서 멀어졌고, 자연스레 부모님 생각도 잘 안 났다.

그렇게 한 달이 지나고 친구들과 이야기를 나눌 때였다.

친구가 남친이랑 헤어졌다는 것이다. 머릿속에서는 이해가 되는데, 그 슬픈 감정이 뭔지 나는 기억하지 못했고, 느끼지도 못했다.

'왜 나는 공감하기보단 머리로 이해하려고 하는 거지?'

'이 기분은 뭘까…'

그렇게 나는 표정을 숨길 수 없었고 굳어만 가는 내 표정을 본 친구가 물어봤다.

"왜 그래?"

나는 집에 와서 생각하고 또 생각했다.

'슬픈 감정이 뭐지?'

'왜 내가 행복한 기억만 사들였지?'

결국 나는 정말 진짜의 나, 진실된 나의 속마음과 생각들을 잃게 된 것 같았다.

다짐했다. 꼭, 기억을 되찾고 말겠다고. 그렇게 나의 탐정 놀이는 시작되었다.

일단, 나의 사진, 일기 등을 찾고자 창고를 살살이 뒤졌다. 사진 앨범과 어릴 때 쓴 일기와 중학교 때 쓴 일기가 있었다. 일기에는 부모님과 놀러 다닌 내용이 써 있었다.

날짜: 2121년 10월 2일
날씨: 맑음
제목: 가장 신나는 날!

오늘 엄마랑 아빠랑 애벌레 랜드에 갔다.
회전목마도 타고 어린이 바이킹, 어린이 자이러드롭도 탔다. 가장 신나고
재밌던건동물원이다. 거기에 판다가있었는데 대나무풀을 뜯어먹고있었다.
또 래서 판다가 날 때리려고 했는데 너무 귀여웠다. 또 고 싶다.

일기를 보니 7살 적인지라 글씨도 삐뚜러지고, 맞춤법도 틀린 부분이 있어 나는 웃고 말았다. 어릴 적 내 사진을 보니 어른 두 분이 나를 들고 웃고 계셨다.

'부모님인가?'라는 생각이 들었지만, 단서를 더 찾기 위해 중학교 때의 일기를 보았다. 가장 최근 일기는 충격적이었다….

'왜 부모님이 안 계시지?'라는 생각의 퍼즐이 맞춰지는 이야기

날짜: 2121년 4월 4일
날씨: 비
제목: 세상을 다 잃었다…

엄마와 아빠랑 제주도에서 숙소에 가고 있던 길이다.
길을 가고 있는데 갑자기 빛이 번쩍 하더니 앞에 번개가 떨어졌다.
깜짝 놀란 아빠가 피하기 위해 핸들을 꺾었고, 그렇게 물에 빠지고 말았다.
엄마는 당황한 상황에서도 물에 빠지기 직전, 필사적으로 문을 열어 두셨다.
그리고 나를 꽉 안아 감싸고 계셨다.
물에 빠지자 엄마는 먼저 가라며 올려보냈다. 그 후, 응급차와 경찰차가 오는 소리가 들렸다. 하지만 이미 늦었고 차는 이미 다 빠진 상태였다.

였다.

이상하게도 나는 눈물이 났다. 왜 그런 긴지 모르겠는데 가슴이 뭉클하고 마음이 아파 왔다. 눈물이 멈추지 않고 끊임없이 흘렀다. 친구들에게 말했더니 그게 슬픔이라고 말해줬다. 이제 생각해보니 친구가 힘들어할 때의 감정이 느껴지고, 이해가 됐다.

얼마 후 친구들이 싸워 내가 중간에 낀 난처한 상황이었다. 친구들의 싸운 이유를 들었는데, 나는 화내는 이유를 모르겠다는 생각이 들었다.

> 날짜: 2121년 3월 10일
> 날씨: 맑음
> 제목: 짜증나
>
> 오늘 민지와 싸웠다. 그 이유는 내가 민지와 똑같은 펜을 샀다고 자랑했는데 민지가 5교시
> 끝나고 찾아보니 그 펜이 없어서 나를 도둑으로 오해를 했고, 나에게 욕라 했다.
> 처음엔 나도 잘 찾아보라며 침착하게 말했는데 민지가 계속 화를 내니 나도 화가 났다.
> 그렇게 싸우다가 옆 반에서 민지 친구가 와서 민지에게 고맙다며 펜을 돌려주었다.
> 알고 보니 민지가 빌려준 걸 잊고 오해한 것이다. 민지는 나에게 미안하다고 사과를 했다.
> 실수고 오해니까 이해하고 받아주었지만 내 마음은 풀리지 않았다

아, 또다시 어떤 감정을 잃어버렸다는 생각에 더욱더 열심히 단서를 찾으려고 일기장을 폈다.

"오…. 나도 이런 마음이 들었구나" 하고 생각하니 싸운 친구들의 마음이 이해되었다. 그렇게 나는 두 개의 감정이 돌아왔다.

기분이 묘했다. '나는 누구일까'라는 생각이 반 정도 풀리기 시작했다. 나의 기억이 돌아온다는 것에 기뻤다. 밖에 나가서 소리치고 싶었다.

얼마 뒤 연락이 왔다. 강겨울이라는 남자아이였다. 앞선 문자 대화 내용을 보니 뭔가 가깝고 특별한 관계였던 것 같은데 내용이 이상했다.

스크롤을 내리며 내용을 확인했다. 최근에 서로 다툰 느낌이었다. '시간을 갖자.'라는 말이 그 아이의 마지막 메시지였다. 나는 그 아이를 만나 이야기를 해보고 싶어졌고, 먼저 연락했다. 잠시 만나서 이야기하기로 하고 2시까지 만나기로 했다.

내가 30분을 늦게 도착했지만 겨울이는 괜찮다고 해주었다. 나는 나의 상황들을 설명했다. 행복한 기억만을 사다가 이전의 기억을 잃었던 이야기를 하였다.

겨울이는 왜 최근에 시간을 가지게 되었고, 헤어지게 됐는지 이야기해줬다. 내가 다른 친구, 다른 것들로 너무 바쁜 나머지 겨울이에게 소홀했고, 겨울이만 점점 더 힘들어졌고, 결국 터져버린 겨울이가 이야기를 나누다 시간을 갖자고 한 것이다.

이야기가 끝나고 겨울이는 나를 꽉 안아주더니 말하였다. "미안해, 좋아하는 사람이 생긴 것 같아…. 우리 헤어지자…."

아무리 사귀는 사이였다지만 기억을 잃은 나는 처음 안 사실이었고, 갑자기 헤어지자는 말을 들으니 당황했다.

그래도 겨울이가 마음이 떠난 건 사실이니 알겠다고 하였고, 그렇게 집에 오니 마음이 뭔가 휑했다.

기분이 이상했다. 머리가 멍해지고 슬펐다. 검색창에 검색해 보니 우울함이라고 했다. 우울함이라는 하나의 감정을 다시 찾아 좋았지만 좋은 게 좋은 게 아니었다. 인터넷에 누군가 우울증에 걸렸다는 기사가 있었는데, 무슨 말인지 이해가 되어왔다.

하지만 나의 기억 조각들을 점점 되찾고 맞춰보니 내가 어떤 삶을 살아왔는지 알게 되었고, 기쁘게 느껴졌다. 기억과 함께 감정도 되찾을 수 있었다.

날짜: 2124년 5월 10일
날씨: 흐림
제목: 제정신

처음엔 '다른 사람의 기억'과 '행복한 감정'이란 게 내 기억과 다른 감정들을 짓눌러 나의 기억과 감정들이 점점 사라져버렸다.
그래서 친구의 슬픔에 공감하지 못했고, 친구 관계에서 힘들었는데, 내가 쓴 일기를 보고 겨울이를 만나며 나의 기억과 감정을 되찾았다. 찾는 과정은 힘들었지만, 막상 찾으니 뿌듯하였다.
모두들 행복만을 원한다. 내가 그랬듯이 말이다. 하지만 다른 것 감정 없이 행복만 있으면 오히려 더 불행해지고 가치가 없어진다. 다른 감정이 있기에 행복도 있다.

▽ 행복은 여기에

김건

오늘도 평범한 일상이었다 그랬을 터이다. 그 일이 있기 전까지는 말이다.

오늘도 어김없이 학교에 느긋느긋하게 걸어갔다. 나는 학교에 별생각이 없었다. 난 항상 성적 상위권이었고, 친구들 간에 교류는 없었지만, 어차피 나는 친구들을 사귈 맘이 없었다. 그들이 뭐라 하든지 간에 나는 내 할 일만 하면 된다고 생각했다. 그들은 나를 사교성 없는 모범생이라고 생각했다

그런 생각을 하며 멍때리던 와중 종이 울리며 선생님이 들어왔

다. 출석을 부르고 선생님이 말했다

"오늘 전학생이 왔어요. 자 들어와서 자기소개 하세요" 라고 하자 문이 열리며 한 여자애가 들어왔다. 여자애가 들어와 말했다.

"안녕 나는 ○○고등학교에서 온 강시율이라고 해 잘 지내보자"

선생님이 말했다

"민혁이 옆 자리에 앉으렴."

전학생은 내 옆자리에 앉았다. 그렇게 수업이 시작되고 시간이 흘러 마지막 7교시가 시작되었다. 7교시가 시작되며 갑자기 밖에서 우수수 많은 비가 내리기 시작했다

학교가 끝나고 하교할 때 즈음, 아직도 비가 내리고 있었다. 나는 우산을 피고 가려는데 옆에 우산이 없어서 가지 못하는 전학생이 보였다. 나는 그냥 전학생에게 우산을 주고 비 속에서 달렸다. 무슨 생각에 그랬는지는 모르겠지만 그런 일이 있었다

하지만 그것도 10년 전 일이다. 나는 대기업에 다니며 평범한 회사원으로 살아가고 있다. 나는 오늘 휴가를 내고 집에서 쉬고 있다.

그동안 하지 못한 것들을 하며 쉬고 있지만 조금 부족한 느낌이 들었다. 나는 소파에 앉아 내 기억을 회상해보았다. 회상을 하다 딱 중학교 1학년 때 아버지와 캠핑을 간 것이 기억났다. 아버지가 휴가를 내고 나와 캠핑을 갔던 기억이었다.

나는 도로를 달리는 차의 창밖을 보며 풍경을 감상했다. 나는 창밖을 보다 차가 멈췄다. 그리고는 아버지가 말했다.

"아들, 도착했어."

나는 차에서 내렸다. 내려 도착한 곳은 이번에 만들어진 캠핑장이었다. 아버지가 말했다.

"아들, 짐 풀고 같이 텐트 치자."

나는 아버지와 텐트를 치고 낚시를 하러 갔다. 낚시를 하며 한 마리 두 마리 세 마리 잡으며 아버지가 아들에게 말했다.

"이렇게 낚시를 하며 소소한 행복을 느끼는 것도 나쁘지 않지?"

아들이 아버지에게 말했다.

" 잘 모르겠어요."

아버지가 말했다.

"이 아빠는 아들이 이런 소소하지만 확실한 행복이 항상 니 곁에 있다는 걸 알았으면 좋겠어."

나는 아버지의 말을 듣고 잘 모르겠는 생각이 들었다.

현재로 돌아와 나는 이 기억을 돌아보며 캠핑 준비를 했다. 나는 짐을 싸고 캠핑을 떠났다.

나는 도착하자마자 배운 대로 텐트를 치고, 그날 아버지와 낚시를 했던 곳으로 갔다.

나는 아버지와 낚시한 포인트에 도착해 의자를 한쪽에 두고 의자에 앉았다. 의자에 앉아 낚싯대를 뒤로 쑥 던졌다 앞으로 당겼다. 그러자 낚싯줄이 멀리 날아가며 물에 빠졌다.

줄을 던져놓고 낚싯대를 고정시키고 편히 앉아 오랜만에 보는 풍경을 잠시 감상했다. 이곳은 옛날 아버지와 함께 보던 풍경이 그대로 남아있었다. 나는 한참 감상에 젖어 있었다.

한참을 보다 낚싯대에 입질이 왔다. 낚싯대를 잡고 당겼다. 그러자 나온 것은 붕어였다. 꽤 큰 것 같았다. 한 30cm 되는 것 같았다. 잡다 보니 한 마리, 두 마리, 세 마리 낚으면서 시간을 보내다 보니 어느새 점심 먹을 때가 되었다. 나는 점심은 간단하게 먹을 생각이었다. 가져온 짐에서 버너와 냄비를 꺼내고 물과 라면을 꺼냈다. 먼저 불을 올리고 물을 부어 물을 끓였다. 물이 끓고 라면을 넣어 정말 간단하게 점심이 준비되었다.

나는 의자에 앉아 라면을 먹었다. 이렇게 나와서 자연을 느끼며 먹으니 답답한 도시보다는 훨씬 좋았다. 매일 매일 반복되는 일상보다는 이런 삶이 더 좋을지도 모르겠다. 소소한 행복을 느끼며 사는 것이랄까?

나는 점심을 먹고 텐트로 갔다. 텐트로 가서 누웠다. 꽤 비싼 거라 크기도 크고 여러 가지가 있었다. 나는 텐트에 누워 낮잠을 자기로 했다.

도시 생활할 때는 상상도 못 했을 것이다. 매일이 사회 생활이니까. 도시에서는 일만 하다 하루가 가는 일이 대다수였으니….

이렇게 태평하게 잠이나 잘 수 있다니….

누가 보면 평범한 것인데 이런 소소한 것에도 행복을 느낄 수 있다는 것은 행복한 것이라는 것을 또다시 느꼈다. 나는 눈을 붙이고 이 자연의 풀 냄새를 맡으며 어느새 잠이 들었다.

잠에서 깨니 어느새 저녁이 되었다. 나는 텐트에서 나와 차로 갔다. 차에서 아이스박스와 그릴을 꺼내고 그릴에 비정탄과 숯불을 넣어 불을 피우고 아이스박스에서 고기와 채소를 꺼내 고기를 구웠다.

혼자 먹을 양만 챙겨서 많지는 않았다. 이렇게 혼자 고기를 구워 먹으니 좋았다. 나름 감성 있고 좋았다. 어릴 때는 항상 캠핑 오면 아버지가 구워주는 고기를 먹었지만 지금은 내가 구우니 어쩐지 낯설었다.

고기를 한 점, 두 점, 세 점 구우며 먹으니 어느새 다 먹고 배가 빵빵해졌다. 밥을 다 먹고 정리를 하고 텐트 앞에 앉아 밤하늘의 별을 보며 쉬었다.

나는 마음속으로 생각했다.

'아버지는 나에게 이런 것을 잊지 말라고 했던 걸까?'

이런 생각을 하니 아버지가 보고 싶어졌다

"다음에는 아버지와 캠핑을 올까…."

나는 밤하늘을 보며 한참을 생각했다. 아침이 밝았다. 나도 이제 집으로 갈 시간이다. 텐트를 나와 기지개를 피고 짐을 챙겼

다. 짐을 하나, 둘, 세 개 챙기고 텐트도 해체하고, 차에 다 실었다

다 싣고 차에 탔다. 차에 타 시동을 걸고 도로로 나섰다. 나는 집으로 돌아가며 창문 밖으로 내가 있었던 곳을 지켜봤다. 달리며 보니 어느새 안 보이게 되었다. 나는 앞을 보고 달렸다. 달리며 다음 휴가는 언제 갈지 생각을 하며 집으로 갔다. 집에 도착하고 짐을 정리하고 씻고 나와 소파에 앉았다. 소파에 앉아 나는 핸드폰을 들었다.

핸드폰으로 아버지에게 전화했다. 아버지가 전화를 받았다.

"어, 아들, 웬일이야, 전화를 하고."

나는 입을 열었다.

"아빠, 다음에 휴가 내면 같이 오랜만에 캠핑 가자."라고 하였다.

그러자 아버지가 대답했다.

"캠핑~? 좋지, 같이 가자."

아버지의 말을 듣자 나는 약간 기쁘면서도 어딘가 약간 눈물이 날 것 같았다.

"어, 알았어. 끊어."

나는 대답하고, 전화를 끊었다. 나는 어쩌면 이런 걸 원했을지도 모르겠다.

아니 어쩌면 외면하고 살았을지도 모르겠다. 하지만 확실한 건 이제는 알았다는 것이다. 이 평범하고도 소소하지만 언제나 내 곁에 있는 행복을 말이다.

▽ 내일을 위한 노력

김유영

　16살 영희는 공부에 대한 스트레스가 많았다. 공부를 왜 해야 하는지, 나의 진로와 관련이 없는 내용을 꼭 배워야 하는지에 대한 생각이 많았고 공부에 대한 부정적인 생각이 가득하다 보니 공부가 점점 싫어졌었다.

　영희는 중학교 3학년 1학기 때에는 수업을 열심히 들으면서 꾸준히 공부를 하다 보니 좋은 성적이 나왔지만 2학기 초반에 했던 수행평가를 망치고 나니 모든 공부가 하기 싫어졌고 마냥 놀고만 싶어졌다. 게다가 영희는 공부를 왜 해야 하는지 이유를 몰랐고 마땅히 정해놓은 목표가 없었기 때문에 공부가 더욱더 싫었다.

그러나 주변에서는 중학교 3학년 공부가 중요하다고 했었고 친구들이 다 열심히 공부를 하거나 고입 준비로 바빴기 때문에 영희도 이참에 자신이 정말로 하고 싶은 게 무엇인지 알아보고 싶어졌다.

영희는 평소에 과학 분야를 좋아했고, 또 재능도 있었다. 다른 과목은 이해를 하거나 문제를 풀면 틀리는 게 더 많았고 이해가 잘 되지 않았다. 하지만 과학에서만큼은 특히 생물과 지구과학에서 남다른 재능이 있었다. 개념을 읽으면 한 번에 이해가 되고 문제를 풀어도 별로 틀리지 않았다. 그래서 영희는 이쪽으로 나의 진로를 정해야겠다고 생각하였다.

영희가 자신의 진로를 부모님께 말씀을 드렸을 때 영희의 부모님은 영희에게 목표가 생겨 좋아하셨다. 하지만 영희가 진로를 정하고, 딱히 노력을 하지 않자 영희가 좀 더 구체적인 목표를 세우기를 바라셨다.

부모님은 영희에게

"영희야, 네가 흥미 있어 하는 분야와 관련된 직업이랑, 어떤 걸 잘해야 하는지 알아봐."

라고 말씀하셨다.

영희는 그 말을 듣고 직업을 알아보던 중 자신의 목표를 포기

해야 되나 고민이 생겼다. 왜냐하면 영희가 관심 있어 하는 직업을 하려면 다 공부를 잘해야 했고 심지어 영희가 자신 없어 하는 과목도 해야 했었기 때문이다. 영희는 왜 어떤 직업을 가지려고 하면 꼭 공부를 잘해야 하는지, 그리고 그 분야와 관련이 없어 보이는 내용도 배워야 하는 건지 도무지 이해가 되지 않았다.

'그냥 자신이 그 분야를 좋아하거나 흥미만 있으면 안 되는 건가? 왜 굳이 공부를 잘해야 되지?'

영희는 머릿속에는 이런 생각이 가득 찼고 공부에 대해 더 부정적으로 생각하게 되었다. 그래서 공부가 더 싫어졌고 공부만 생각해도 스트레스를 받았다.

얼마 후 시험기간이 되었다. 하지만 영희는 공부가 싫었기 때문에 하지 않고 맨날 놀기만 하였다. 영희의 부모님은 시험 기간인데도 공부를 안 하는 영희가 답답하게 느껴졌고 자신의 진로를 정했으면 노력을 해야 하는데 하기 싫다고 포기하는 영희가 이해되지 않았다. 결국 영희의 부모님은 영희에게 공부하라는 잔소리를 하셨고, 영희는 부모님과 다투게 되었다.

"내가 왜 공부를 해야 돼? 아무리 공부를 해도 뭔 말인지 하나도 모르겠고, 계속 틀리기만 하는데 왜 해야 하는 거야?"

"공부를 해야 너가 하고 싶은 걸 할 수 있으니까 그렇지!"

"그니까 왜 내가 하고 싶은 걸 하려면 공부를 해야 돼? 그냥 그 직업이 좋거나 그 분야에 흥미만 있으면 되는 거 아니야?"

영희의 부모님은 더 대화를 나누다가는 싸움이 될 것 같아서 영희에게 조용히 하고 방으로 들어가라고 하셨다.

그날 저녁, 영희는 어떤 직업을 갖게 되든지 간에 왜 꼭 공부를 해야 하는지, 공부를 잘해야 하는 이유, 내가 왜 공부를 하고 있는지에 대해 곰곰이 생각해 보았다. 계속 고민을 하다 보니 몇 가지 깨달음을 얻을 수 있었다.

영희는 자신이 주변 사람들에게 칭찬과 인정을 받고 싶어 한다는 것을 알게 되었다. 자신이 좋아하는 과학 공부를 할 때면 문제를 별로 틀리지도 않았고 마치 자신이 과학자가 된 것 같은 기분이었다. 또 공부를 잘하면 칭찬을 받을 수 있고 좋은 직업을 가져서 다른 사람들에게 인정을 받을 수 있었다.

그래서 진로도 공부를 잘해야 할 수 있는 전문직들만 생각을 하게 되었고, 그 진로를 이루기 위해서는 대학 졸업장이 있어야 하는데, 자신이 원하는 학과는 경쟁률이 높았기 때문에 합격하기 위해서 남들보다 공부를 잘해야 한다는 것을 영희도 알고 있었다. 그래서 공부는 나의 노력을 증명해 줄 수 있는 것이라는 생각이 들었다.

또 어렵거나 막히는 문제가 있을 때 공부를 더 해서라도 그 문제를 해결하면 마음이 후련해지고 기억에 남는 문제가 되어 스스로가 대견하다고 느꼈기 때문에 공부를 했다. 하지만 공부가 싫어져서 자신이 왜 공부를 하는지 이유를 까먹었던 것이다.

뿐만 아니라 공부는 내가 살아가면서 가지게 되는 질문들에 대한 답을 해준다는 것을 깨달았다. 책을 읽을 때 생기는 궁금증에 대한 나의 생각을 말할 수 있었고, 공부를 하면서 세상을 조금 더 알아갈 수 있었다.

영희는 자신이 공부를 했던 이유를 알게 되고 다시 한번 자신의 진로를 위해 한 발자국 더 나아갈 수 있도록 노력한다. 다른 과목을 왜 배워야 하는지 몰랐던 영희는 부모님의 조언을 듣고, 다른 과목을 배우면 그 내용을 토대로, 사회에 나가 더 넓은 영역을 이해할 수 있기 때문에 다른 과목도 공부를 해야겠다는 생각이 들었다.

겨울 방학 동안 세운 공부 계획과 목표로 고등학교 3년을 보내니 그동안에 했던 노력이 배신하지 않고 결과로 영희에게 보답을 해주었다. 자신이 원하던 대학교에 입학한 순간과 꿈을 이루었을 때 마치 세상을 다 가진 것처럼 행복해했다.

20년 후, 영희는 자신이 원하던 분야에서 다른 사람에게 인정을 받으며 누군가의 롤모델이 되었다. 영희는 여러 인터뷰와 강의에서 자신의 어릴 적 모습과 비슷한 학생들에게 동기부여를 하고 있다.

▽ 나의
인생 소설

채서희

어릴 때부터 소심했고 낯을 많이 가렸던 아이가 있다. 이름은 김민지이고 나이는 18세이다. 취미는 요리하는 것이고, 그녀는 활발하고 배려심도 많고 존중을 많이 하고 때로는 화가 좀 있는 성격이다.

과거에 행복했던 기억은 자신에게 용기가 생긴 것이고, 과거의 상처는 학교에서 늘 혼자였다는 것이다. 현재의 고민은 미래의 꿈에 대한 것이고, 자주 느끼는 감정은 감사하고 고마운 마음이다.

이 소녀를 바탕으로 하여 그녀의 인생 소설을 써보려고 한다.

이 소녀는 학교에서 도전하고 싶은 것이 많아서 도전을 한 적이 많았다. 비록 실패한 적도 있었지만, 그녀의 자신감은 누구나 자랑스러워 할 만큼 그 소녀가 무언가에 도전할 때 용기를 주었기에, 그 아이는 용기와 자존감을 얻을 수 있었다.

그래서 그 아이가 학교에서 처음으로 용기 내서 도전한 것은 학교 방송부에 지원을 한 것이다.

담임 선생님께 지원서를 써달라고 부탁을 드렸고, 방송반에 지원을 했다. 면접을 보던 날, 긴장한 탓에 말을 제대로 하지 못하고 면접에서 떨어졌지만 민지는 지원을 한 것으로도 큰 경험이니 떨어져도 아쉬워하지 않아도 될 거라고 말했다.

비록 합격은 안 됐지만 그 아이는 자신이 용기을 낸 것에 대해 감격스러워 했고 그래서 이 소녀는 조금씩 용기가 생겨서 더 많은 것에 대해 도전을 할 수 있었다.

그 다음으로 용기 내어 도전한 것은 발표이다. 그녀는 학교에서 발표를 한 적이 없었는데 용기를 냈다. 처음에는 떨렸는데 막상 하고 나니 좋았고 용기가 생긴 것 같았다. 그런 것을 계속 도전해가며 더 많은 용기가 생겼고, 더욱더 학교생활을 잘 해나갈 수 있었다.

그리고 2년 뒤, 3학년이 되었고 3학년이 된 민지는 음악시간에 선생님께서 "음악 반장 하고 싶은 사람"이라고 물어보셨는데 그때 민지는 손을 들며 "제가 할게요."라고 말했다. 그렇게 음악 반장이 된 민지는 음악이 끝나면 친구들 앞에서 선생님께 인사를 해야 했다. 처음에는 부끄러워서 목소리가 안 들릴 정도로 작게 말했는데 이제 용기가 생겨서 인사할 때 목소리가 커질 수 있었다.

　민지가 이 모든 것들을 도전하며 느낀 것은 민지는 처음 시도한 것들이 재밌었고 흥미로웠고 새로웠다. 중학교 생활을 하면서 도전하면서 느낀 것은 용기가 생긴 것 같아 좋았다. 나중에는 이보다 더한 도전을 해보고 싶다.

▽ 징징이 게임

이채림

    이곳은 로마의 콜로세움을 만든 거대한 경기장. 이곳의 생중계를 지켜보는 이 세상 사람들은 엄청 심각하다. 왜냐하면 조금 있으면 게임이 시작되기 때문이다. 이 게임의 룰은 각 나라의 대표가 나와 게임을 진행한다. 이 게임을 하면서 승패에 따라 죽을 수도, 살 수도 있다. 나라가 가라앉을 수도, 살아남을 수도 있다. 이 게임의 승패는 조금 잔인하게 결정된다.

    지구 온난화로 인해 바다의 높이가 올라가고, 지구의 자원 부족 문제가 심각해졌다. 자원 부족 문제를 해결하기 위해 각 나라를 걸고 게임을 하게 됐다.

그래서 우리는 각자의 목숨을 걸고 다른 나라를 이기기 위해 이 게임에 참가 중이다. 처음 게임을 시작할 때는 모든 나라가 물에 떠 있었다. 하지만 게임을 진행하면서 물에 잠긴 나라는 280개국. 지금까지 살아남은 나라는 188개국이다.

게임의 종목은 다양하다. 각 나라의 대표적인 게임으로 한다.

그럼 이제 시작한다.

처음 게임은 '무궁화 꽃이 피었습니다'이다.

"각 나라의 대표 2명이 나와 총 376명의 사람이 이 게임을 하겠습니다."

이제 게임을 시작한다.

"무궁화 꽃이 피었습니다."

"무궁화 꽃이 피었습니다."

"무궁화 꽃이 피었습니다."

이 게임을 통해 총 230명의 사람이 탈락하고, 115개의 나라가 침몰당했다.

이제 2번째 주자가 할 게임은 '줄다리기'이다. 각 나라에서 8명씩 나와 이 게임을 진행한다. 어떤 할아버지가 이런 말을 했다.

"내가 한때 소싯적에 줄다리길 해봤는데 이건 힘이 아니야. 처음 시작할 땐 상대 배가 닿을 때까지 누워. 그리고 가만히 있다가 상대가 당황할 때 당겨. 앞에는 가장 등치가 있는 사람을 세워야 상대가 긴장을 할 수 있어.”

“다들 그렇게 해.”

다들 의심스러웠지만 어쩔 수 없이 할아버지의 말을 들을 수밖에 없었다. 하지만 한 번 믿어보기로 했다. 모든 팀이 자리를 잡고 게임은 시작됐다. 그리고 할아버지가 말했다.

“다들 누워!”

그리고 할아버지는 죽었다.

다음으로 올라온 팀은 전략 같은 건 필요 없는 강한 팀이었다. 그리고 모두가 이길 거라고 예상했던 이 팀. 이 팀은 예상대로 압도적인 힘으로 게임에서 이겼지만 모두 죽었다.

사람들은 당황했다. 게임에서 이긴 팀이 죽다니…. 그리고 사람들은 알아챘다. 이 줄다리기 게임은, 승패가 중요한 게 아니라 운이 중요하다는 걸. 그리고 이 줄다리기 게임으로 인해 절반의 나라가 순식간에 사라졌고 35개의 나라가 살아남았고 다음 게임이 시작됐다.

“다음 게임은 보물찾기입니다. 각 공간에 보물을 숨겨두었고, 이 게임을 통해 18개의 나라만 살아남을 것입니다. 그럼 열심히 게임에 참가하시길 바랍니다.”

사람들은 모두 웅성웅성했다. 게임에서 살아남는 인원이 너무 적었기 때문이다. 하지만 탈출할 수 있는 방법은 이 게임을 이기고 나가는 것뿐이었다. 그래서 사람들 어쩔 수 없이 게임을 할 수밖에 없었다.

"이 게임은 특별히 규칙이 없습니다. 어떤 방법이든 보물만 찾아 게임시간이 끝날 때까지 각 나라의 이름이 적힌 상자에 보물을 넣으면 이 게임의 승자가 됩니다. 그럼 이번 게임도 열심히 참여해주시길 바랍니다."

각 나라는 급하게 모여 작전회의를 했다. 그리고 모든 나라의 사람들이 회의를 마치고 각자의 자리로 갔다.

사람들은 목숨을 걸고 마지막 게임에 참여했다. 보물을 찾고도 보물을 더 찾아서 독차지하기도 했고, 많은 보물을 찾은 사람이 보물을 놓고 또 다른 사람들을 경쟁시키는 게임을 했다. 상자에 이미 담긴 보물을 훔치기도 했다.

그런데 이 게임은 승자도 없고 패자도 없이 허무하게 끝났다. 이 게임의 진정한 목적은 땅을 구하는 목적이 아닌, 사람들을 테스트하는 것이었다.

이 테스트의 합격자는 없어 경기장도 가라앉고 모든 나라가 침몰했다. 이 게임은 아무도 모르게 사라졌고, 지구는 사람이 모두 사라져 아무도 없는 땅이 되었고, 이 게임은 누군가에 의해 다시 시작될 것이고, 이 게임은 언제 다시 시작할지 모른다.

이 게임은 입구는 있지만, 출구는 없고, 이 게임의 유일한 출구는 아무도 모른다. 하지만 어딘가에는 출구가 있다.

▽ MARIONETTES

정시후

왜 이렇게 되었는가 남은 게 없다. 고요함뿐이다. 내 주변에 인간의 잔해가 널브러져 있다. 난 어째서.

왜 이렇게 되었는가 남은 게 없다. 내 왼팔과 다리는 뜯겨나가 피 대신 스파크를 튀긴다. 난 어째서.

왜 이렇게 되었는가 아무것도 없다. 저 총구가 내 머리를 향한다. 난 어째서 이렇게 되었지?

남은 건 없다. 아무것도 없다. 내게서 가져갈 수 있는 건 존재하지 않는다.

너희는 아직도 가져갈 게 보이는 거냐. 내 살과 피 뼈가 그렇게나
가치 있더냐.

어째서 나는 빼앗기고 잃기만 하는가

어째서 나는

어째서

어째서

어째서

어째서

어째서

어째서

어째서…?

.

.

.

.

.

.

.

.

.

.

[2107년 14월 22일]

로빈은 1시간째 뒷골목의 배기파이프에 매달려 있었다.

'이 정도면… 뭐.'

로빈이 파이프에서 뛰어내리며 검을 뽑아 들었다. 작년에 스스로에게 주는 생일선물로 구매했던 것이다. 칼날이 갱단원의 목에 닿았다.

인간의 몸은 무엇으로 강화되었든 간에 나노 미터 단위로 날을 세운 칼날엔 버터처럼 썰려나갈 뿐이다. 그 완벽한 동작에 검날에만 피가 살짝 묻었을 뿐 잘린 틈새로 피가 쏟아져 나오는 기미는 없었다. 로빈이 갱단원이 경계를 서고 있던 트럭에 실린 상자를 열자 초록빛을 내는 원기둥 모양의 배터리 같은 게 나왔다. 그것의 한쪽 면에 조그맣게 글씨가 쓰여 있는 것을 본 로빈이 고개를 숙여 글을 확인했다.

[주의 3세대 이상 증강신체 및 안드로이드는 반경 10m이내로 접근 시 전자기 펄스 전용 방호복 착용을 권장함]

로빈이 자신의 왼팔과 하반신을 슬쩍 보았다. 신경과 직접적으로 연결하여 통증을 제외한 감각이 전부 살아있는 4세대 증강신체였다. 로빈은 멀쩡한 팔인 오른손으로 EMP를 바꿔 쥐고 몸에서 최대한 떨어뜨렸다. 그때 소형프로펠러가 회전하는 소리가 들리더니 수십 대의 드론이 로빈을 원형으로 포위하듯 둘러쌌다. 로빈은 익숙한듯이 표정을 구기며 스프레이를 뿌렸다.

스프레이의 검은 입자가 드론에 닿자 제각기 다른 빛의 스파크를 튀기며 추락했다. 하지만 단 한기의 드론만이 떠있었다 로빈은 그 기체를 향해 스프레이를 난사했지만 드론은 멀쩡했다.

"이 무슨…. 아니지."

로빈이 좋은 아이디어가 떠오른 듯이 웃음을 지으며 해킹용 스틱을 드론에 꽂았다.

[4시간 전]

로빈은 바이크를 타고 한 건물 안에 들어가려 했으나 속히 자신의 '팬'들에게 제지되었다.

"R-7이다!"

"형 사랑해!"

팬들의 외침에 로빈은

"아니요, 그런 사람 몰라요", "아니요, 아닙니다."

등의 말을 하며 건물 안으로 도망치듯 들어가 문을 잠궈버리고 터덜터덜 바 앞으로 걸어가 쓰러지듯 앉았다.

"괜찮아?"

푸근한 인상의 바텐더 스미스가 술을 한잔 따라 건네며 물었다. 로빈은 격하게 고개를 저었다.

"살려줘, 저놈들 저번엔 나 샤워하는 것까지 찍어다가 팔더라?"

"유명인이 됐으니 감수해야지"

로빈은 땅이 꺼져라 한숨을 크게 쉬고 입을 열었다.

"그래서 뭔가 짭짤한 일 없나?"

그 말을 들은 스미스가 태블릿을 들고 왔다. 태블릿을 건네 받은 로빈이 화면을 넘기며 좋은 현상금을 찾기 시작했다.

"음? 이게 뭐야. 천만? 아저씨, 의뢰인이 사기꾼인지 아닌지 확인해봐야 되는 거 아니야?"

로빈이 큰 액수에 놀라면서 현상금의 상세정보를 확인했다.

"아. 화이트라인. 본사 사옥 설계도를 스캔해 오라고? 미친 건가 진짜…. 천만이 뭐야 1억 달러 줘도 안 하겠다!"

로빈이 기겁을 하며 말했다.

"나도 어이가 없었다."

스미스가 동의했다.

화이트라인, 2063년 인류 식량부족 문제의 악화로 미국 39개 주에서 동시다발적으로 폭동이 일어나 정부의 지지율이 감소했을 때 자신들의 수족을 잠입시켜 실질적으로 정권을 장악, 2069년 이후부터는 미국을 완전히 집어삼킨 기업이다.

이 사실을 알고 있는 로빈이 다시 한 번 당혹감을 표했다.

"원래 INC 소속 기업들이랑 엮이는 거 아니야, 물론 1000만

달러는 못 참지만…? 그냥 이거 할게."

로빈이 옆에 있는 현상금을 가리켰다.

[프락시스 갱이 수송하는 전자무기 탈취]

"아, 그리고 뒷문 좀 열어 줄래."

로빈이 정문을 엄지손가락으로 가리키며 말했다. 팬들이 사냥
꾼의 눈을 한 채 로빈이 나오기만을 기다리고 있었다.

"허."

스미스가 실소를 흘렸다.

***

"콜록콜록"

클라이드가 욕조에서 일어나 기침을 하면서 나왔다. 바닥에 떨
어진 냉각젤을 밟고 넘어졌지단 일일이 아파할 시간 따위 없었
다.

'왜 굳이 거기서 버텼던 거야! 그 사람은 카메라로 찍는 걸 싫
어 하던데, 보복하러 오는 거 아냐?'

클라이드는 옷을 대충 걸치고 엘리베이터를 잡는 동안 계속 생
각했다.

"왜 이렇게 느린 거야?!"

평소에도 느렸지만 지금은 훨씬 더 느리게 느껴졌다.

"빨리, 빨리, 빨리"

클라이드가 간절하게 빌듯이 말했다.

엘리베이터가 중간에 멈추자 클라이드는 엘리베이터를 포기하고 계단으로 이어진 문을 잡아당겼다. 그때 엘리베이터 문이 열리더니 증강된 손이 클라이드의 어깨를 잡았다. 클라이드는 동사하기 직전의 사람처럼 천천히 고개를 돌렸다.

고개를 돌리자 눈에 들어온 건 검은색 본체와 갈라진 틈에서 노란색 빛이 나오는 헬멧이었다. 헬멧을 쓴 사람의 손엔 자신이 만든 드론이 쥐여 있었다.

"저기, 이거 누가 만든 건지 알아?"

헬멧 쓴 남자, R-7, 로빈이 손에 든 드론을 흔들며 물었다.

"저에요.."

클라이드는 로빈의 눈이 주는 압박감에 무심코 진실을 말했다. 그것을 깨닫자마자 클라이드의 얼굴이 새하얗게 질렸다.

"잠깐 이야기 좀 하자. 네 드론이 지금 나에게 매우 필요하거든"

***

클라이드는 로빈과 약 30분 정도 대화를 해보고 2가지를 느꼈다.

이런저런 영상들을 사고 파는 영상거래 사이트에서 알려진 것

만큼 미친놈은 아니란 것.

　내가 알고 있는 것보다 더 미친 사람이란 것.

　"아니 그냥 다른 일을 하시면 되지 왜 백만 달러에 목숨을 걸어요?"

　"백만은 못 참지. 애초에 이렇게 벌 기회가 왔는데 안 받아 먹으면 병신이지."

　"그런 수준이 아니잖아요! 화이트라인이라고요! INC 소속 중에서도 TST랑 같은 부류의 미친 회사! 잘못해서 얼굴이라도 노출돼서 현상수배 붙으면 그대로 잡혀서 온갖 증강신체를 다 갖다 붙이면서 실험체로 쓰일 텐데! 그러다 과잉증강자가 되고, 그러다 '메모리누수' 나서 시한부 판정 받은 괴물이 되겠죠! 전 안 합니다!"

　클라이드가 흥분하여 숨을 거칠게 내쉬었다.

　"일단 좀 진정해. 너 그러다 빵 터져."

　"진정할 상황이 아니잖아요!"

　"아니, 생각해봐. 백만 달러면 이 무서운 세상에서 널 지켜줄 수 있는 방탄 피부를 전신에 이식할 수도 있고, 이 망할 지우개 같은 영양소 큐브보다 훨씬 더 음식을 닮은 N.I.D바로 주식을 바꿀 수도 있겠지"

　로빈이 후드 안주머니에서 영양소 큐브를 꺼내 흔들며 말했다.

　"이것도 싫다면 이건 어때? 30%줄게, 300만 달러면 신분

세탁하기에 충분하고도 남는 돈이지"

클라이드의 동공이 흔들렸다. 로빈이 말없이 손을 내밀었다. 클라이드가 로빈을 잠깐 바라보다가 손을 마주 잡았다.

"이제 바로 가는 건가요? 워싱턴D.C로?"

"아니, 잠깐 만날 사람이 있어."

***

[2107년14월22일 워싱턴D.C 화이트라인 본사 86층 대회의실 A-2]

넓고 어두운 직사각형의 방에서 20m쯤 되어 보이는 책상의 끄트머리에 앉은 신입 이사 하워드 필립스는 고위 임원들 사이에 끼어 뼛속으로 자신이 X됐음을 느끼고 있었다.

"필립스 이사 말을 해보십시오. 이번 안건의 실패에 가장 큰 기여를 한 게 당신 아닙니까."

마르크 와트 상임이사가 하워드를 압박했다.

"그러니까… 예상치 못한 변수가… 있었습니다."

하워드가 기어들어가는 목소리로 답했다.

"예상하지 못했다? 화이트라인 사칙에 따라 B등급 이상의 안건 및 계획은 최소 2회의 시뮬레이션이 원칙일 텐데요? 임원들의 슈퍼컴퓨터 자유 사용권한이 괜히 있는 게 아니지 않겠습니까."

마르크의 말은 존대였지만 눈은 마치 하워드를 벌레처럼 보는 듯한 눈이었다.

"시, 시뮬… 시뮬레이션은 충분했습니다. 약 80회가량 완료했고 초단위로 저장해서 추가분석까지 마쳤구요."

하워드는 긴장으로 호흡이 불안정해져 메스꺼움을 느꼈다.

"80회… 많다면 많고, 적다면 적은 수인데…. 지금 상황에선 많다고 해야할 것 같습니다. 그랬는데도 전문 용병도 아니고 현상금 사냥꾼 하나에 그렇게 쩔쩔매시면 어떡합니까?"

"그의 전투능력이 꽤나 강했던지라…"

'나도 공격받을 줄 몰랐지! 솔직히 어떤 미친놈이 화이트라인 로고가 대놓고 박혀 있는데 공격을 해! 그리고 그 갱단놈들은 일처리를 어떻게 하는 거야!'

"그래요 솔직히 이자가 물불 안 가리는 사람인 건 맞습니다. 다만, 그동안 이 자가 화이트라인에 연관된 일은 전부 실패했었는데, 축하합니다. 필립스 이사. 처음으로 그가 성공하게 도왔군요."

마르크가 비틀어진 미소를 지었다.

"어찌되었든, 해결책을 찾아주십시오. 해임되고 싶지 않으시다면 말입니다."

상황을 조용히 바라보고있던 회장 [검열됨]이 입을 열었다.

"그만하고 좀 쉬었다 다음 안건으로 넘어가지"

회장이 나가자 임원들이 하나, 둘 일어나기 시작했다.

잠시 그 끔찍한 압박감에서 벗어난 하워드는 옥상으로 올라가 전자담배를 입에 물고 전화를 걸었다.

"여보세요?"

매우 사무적이고 친절한 목소리가 흘러나왔다.

"클로버 10 입니다."

"아! 안녕하십니까 이사님. 원하시는 물건이 있으십니까?"

"38번으로.."

"네, 직접 통화하시겠습니까?아니면---"

"직접 통화하겠습니다."

하워드가 말을 끊고 말했다.

"네 잠시만 기다려 주십시오."

하워드가 옥상의 바람 때문에 마른 입술에 침을 발랐다.

"기본서류를 제공해주십시오.."

아까와는 전혀 다른 기계음이 과하게 섞여나오는 목소리가 들렸다.

"사진과 내용은 이미 전달했다."

"날짜는 언제가 좋겠습니까?"

"요즘 이런 거 신경 쓰는 사람이 어디 있다고. 최대한 빠르게"

"도구는 무엇을 선호하십니까?"

"그딴 거 물어볼 시간에 출발이나 해! 짜증나게 하고 있어."

하워드가 혀를 한번 찼다.

"…그러죠"

***

[14월 23일 새벽1시 뉴욕 퀸스]

로빈과 클라이드가 퀸스의 거리를 1시간 정도 걸어가고 있을 때 즈음 클라이드가 물었다.

"한 시간은 걸은 것 같은데 우리 어디 가는 거예요?"

"거의 다 왔어. 조금만 참아."

조금 더 걷자 그래피티로 뒤덮인 건물이 나왔다. 건물의 지하로 향하는 계단을 내려가며 로빈이 말했다.

"여긴 평범한 슬럼가 술집보다도 질이 안 좋아. 내 뒤에 딱 붙어 있어. 그리고, 어린이가 보기엔 좀 안 좋은 장면이 있을 수도 있으니 눈을 감는 걸 추천할게."

"저 이래 봬도 당신 촬영하러 드론으로 따라다니면서 볼 장면 안 볼 장면 다 봤어요."

지하에 도착하자 형형색색의 빛 속에서 사람들이 뒤섞여 춤을 추고 있었다. 테이블마다 파란색의 웃는 얼굴이 그려져 있는 칩이 수십 개씩 쌓여 있었는데, 이를 본 로빈이 조용히 말했다,

"O.B.W라니, 저게 몸에 뭔 짓거리를 하는지 알고 있으면서도 사용하다니. 전보다 심각해졌네."

그때 직접적인 폭력의 소리가 들렸다. 한 남자가 다른 남자를 깔아 뭉게고 때리고 있었다. 맞고 있는 남자는 엄청나게 맞았는지 코가 보이지 않았고 이미 피가 거의 빠져 나갔는지 몸이 매우 새하얬다. 그나마 남아있는 피는 남자에게 맞을 때마다 로빈의 발 언저리까지 튀었다. 로빈은 다른 사람들처럼 그 장면을 무시하고 직진했다.

정면에 보이는 붉은색 가죽 자켓과 붉은 머리, 귀에 피어싱을 한 날카로운 인상을 한 여자에게 로빈이 다가가 말을 걸었다.

"안녕, 세르네. 오랜만이네"

여자는 앞의 테이블에 놓여진 술잔을 들어 한 모금 마시며 로빈을 응시하다가 이내 다른 곳을 바라보았다.

"야, 저기. 야, 씹냐?"

로빈이 당혹감을 드러내며 말했다. 헬멧을 써서 표정이 가려져 있었지만 무슨 표정일지 짐작이 가는 반응이었다. "안 죽고 살아 있네, 오랜만이야." 세르네가 옅은 웃음을 지었다.

"왜 이리 반응이 늦는 거야?"

"아아"

세르네가 턱짓으로 아까 로빈과 클라이드가 지나쳐온 폭력을 행사하던 남자를 가리켰다.

"관자놀이의 소켓을 잘 봐봐."

그의 관자놀이를 주의 깊게 살펴본 로빈의 몸이 흠칫하고 굳었다. 그의 관자놀이에 방금 전의 푸른색 2개가 억지로 끼워져 있었다.

"과다복용. 그냥 복용했을 때랑 효과가 좀 다른가 보네."

"무슨 얘기를 그렇게 진지 빨고 하고 있냐."

로빈의 뒤쪽에서부터 걸어온 남자가 말을 걸었다. 그 남자는 녹안을 가졌으며 흑발에 녹색 브릿지를 하고 있었다.

"이야, 너 왜 안 죽었냐, 시몬 오브라이언"

"와 너무한 거 아니냐. 3달 만에 만난 친구한테."

시몬이 약간 맥이 풀린 표정으로 말했다.

"그래서 뭔 얘기 하고 있었어?"

표정이 순식간에 바뀐 시몬이 방긋이라는 음성이 자동재생될 것 같이 웃으며 물었다. 시몬은 검지 손가락으로 세르네가 가리켰던 남자를 가리켰다.

"음? 저거? 저거 그건가? 헤인스 제약에서 만든 뽕."

그때 갑자기 계속해서 주먹을 날리던 남자가 공격을 멈추더니 갑자기 자기 목을 붙들고 고통스러워하다 거품을 물고 쓰러졌다.

"워우, 보통 과다복용한 애들은 저렇게 되더라."

시몬이 말했다.

"여기도 이제 그만 와야겠네. 수준 이하로 질이 떨어졌어"

세르네가 말했다.

"근데 넌 왜 온거냐, 앤 또 누구고."

시몬이 클라이드를 가리키며 물었다.

"일 때문에 왔지 뭐, 얜 일을 하기 위해 꼭 필요한 친구."

"그래서 우리 보고 도와달라?"

시몬이 묻자 로빈이 고개를 끄덕였다.

"20%. 이거 밑으로 안 받아."

"나도."

시몬이 말하자 세르네가 동조했다.

"니네 원래 10%만 가져가지 않았었냐?"

"오랜만에 찾아온 걸 보니 딱 봐도 존나게 큰일이겠지. 존나게 달달할거고. 그러니까 더 줘."

시몬이 손가락으로 돈 표시를 만들며 말했다.

"근데 솔직히 세르네는 20 하고 넌 15 하자."

"뭐? 왜. 아. 나 안해! 안해, 안해."

"솔직히 니 깽값 뺀 거잖아. 난 아직도 니가 우리 할아버지 바에서 온갖 잔, 테이블, 의자, 술병, 다 집어 던지던 기억이 아직도 생생해. 배상도 안 하고 튀었잖아."

"하. 씨발 다시 생각하니까 빡치네?"

로빈이 시몬을 노려보았다.

"아 가자! 일하러! 사람이 일을 해야지! 일어나 세르네! 가자 친구!"

시몬이 클라이드의 목에 팔을 걸어 끌고 가며 말했다.

***

"왜 도착지점이 여긴지 설명 좀 해주실 분?"

로빈이 자신의 할아버지의 바 앞에 멈춰선 자신의 친구들을 바라보며 말했다. "여기가 당신 할아버지가 운영하는 바라고요? 여긴 당신이 매일같이 현상금 임무 받으러 오는 곳이잖아요. 애초에 어떻게 그런 태도가 할아버지한테 대하는 태ㄷ─"

"워워워, 그 이상은 말하면 안돼. 알았지?" 시몬이 클라이드의 입을 막으며 말했다. 그때 로빈이 놀란 얼굴로 주변의 보행자들을 살피며 말했다.

"와, 헬멧을 벗으니까 아무도 못 알아보네. 앞으론 벗고 다녀야 겠다."

"그런 말을 지금 할 필요가 있었을까? 지금 분위기 살짝 진지 했는데."

시몬이 물었다.

"그냥, 좀 놀라워서. 그보다 너네 진짜로 안 꺼지냐?"

"아 제발 이제 갈 만한 데가 여기밖에 없어"

"집은 어디다 팔아드셨어요?"

"내집 냉각구획으로 전환됐거든."

시몬이 씁쓸한 표정으로 말했다.

"학스빌 전환한 지 얼마나 됐다고…. 벌써 퀸스까지 오냐….

이러다가 뉴욕도 몬태나 꼴 나는 거 아니야? 가뜩이나 뉴욕은 땅도 적은데."

로빈이 한숨을 내쉬며 말했다.

몬태나는 O.R.E(orbit expansion,궤도 확장) 이전에 지구온난화로 인한 인간의 멸종을 막기 위해 지하 4Km 지점까지 거대한 냉각수 호스가 빽빽하게 들어차 있는 냉각구획으로 전환된 첫 번째 주이다.

"세상이 진짜로 망하려나 보다."

시몬이 말했다.

"그래, 그건 맞는데, 안 꺼지니?"

로빈이 물었다.

"아 솔직히 수업을 들으려면 준비물이 필요한 그런 느낌이잖냐. 솔직히 5% 깎았으니까 제발."

시몬이 앙탈 부리듯 말했다. 로빈이 손을 내저으며 말없이 문을 열었다. 문을 열자 잔을 닦고 있는 스미스가 보였다. 로빈이 주변을 살펴 아무도 없는 걸 확인하고 매우 부드러운 어조로 말했다.

"끝났어요?"

"그래, 다 끝났다. 너희도 어서 와라."

"안녕하심까."

"안녕하세요."

시몬과 세르네가 차례로 인사했다.

"그래, 뒤에 가봐라."

시몬을 선두로 모두 바 뒷편의 주방으로 들어갔다. 시몬은 구석에 있는 얼음 냉장고로 냅다 달려가 문을 열더니 얼음을 뒤적거리기 시작했다. 잠시 뒤적이다 보니

"아, 여기있다."

시몬의 손끝에 키패드가 닿았다. 시몬이 익숙한 듯이 비밀번호를 입력하자 얼음 사이로 언뜻 보이는 키패드의 화면이 붉게 변했다.

"뭐야, 비번 바꿨어?"

시몬이 로빈을 바라보며 해명을 요구하는 표정으로 물었다.

"아니…. 솔직히 안 바꾸는 게 이상하지. 니가 저번에 소총이랑 총알 300발 째벼 갔잖아."

"에이…. 돌려줬잖아."

시몬이 머쓱한 표정으로 양손을 펼쳐 보이며 말했다.

"하이고, 지랄하네. 야이 새끼야. 소모품을 빌려 간다고 표현하는 새끼가 어딨냐? 어? 총도, 총열, 다, 버려, 놓고 이, 개, 자식아."

로빈이 일부러 말을 끊어 강세를 넣으며 강세를 넣을 때마다 시몬의 엉덩이를 발로 찼다.

"아, 아야, 아, 억! 야야야, 니 다리 카본이야 카본! 내 엉덩인 그냥 살점이고!"

시몬이 티타늄으로 된 오른손을 들어 올려 방어하며 다급하게

말했다.

"이제 그만 들어가지?"

세르네가 손가락으로 열린 냉장고 앞 바닥을 가리키며 말했다.

"뭐야? 어떻게 열었어?"

로빈이 바닥과 세르네를 눈으로 훑으며 말했다.

"니가 지정하는 비밀번호가 2090 아니면 1422지 뭐, 그리고 보니 니가 어제 생일이었구나?

좀 늦었지만 축하해."

세르네가 양손을 주머니에 넣고 무심한 듯 말했다.

"눈물 나게 고맙구만…"

로빈이 어이없다는 듯이 말하며 열린 바닥으로 들어갔다. 아래로 내려가자 철로 된 계단이 있었고 계단에 올라서 바라본 풍경은 거대한 차고였으며 여러 종류 및 용도의 이동 수단, 한쪽 벽면에는 총기와 탄약, 도검류들이 무수히 많이 걸려 있었다. 계단을 내려가자 바로 앞에 있는 건 수많은 홀로그램에 둘러싸여 있는 안드로이드가 보였다.

"오! 카디! 그리웠어!"

시몬이 홀로그램을 무시하고 안드로이드에게 다가갔다.

"반갑습니다, 시몬 오브라이언님. 마지막 방문 이후 96일이 지났습니다."

카디가 실리콘으로 된 얼굴을 웃는 표정으로 바꾸며 대답했다.

"너 그 표정 하지 마라. 뭔가 기분 나빠."

시몬이 말했다.

"당신의 뇌파신호 분석 결과 당신은 99%의 확률로 불쾌한 골짜기 증상을 호소하는 것으로 판단됩니다."

카디가 무표정하게 말했다.

"음…. 그래, 정확하네. 음, 그래."

시몬이 할 말을 잃고 로빈에게 도움의 시선을 보냈다. 로빈이 이를 알아채고 카디에게 말했다.

"차량이 필요해, 4인승에 수납 공간 500L 이상, 제로백(차의 엑셀을 밟고 시속 100km까지 도달하는 데 걸리는 시간)이 1.5초 이하여야 해."

"요구하신 조건에 부합하는 것을 찾아보겠습니다."

카디가 주변에 띄워져 있는 홀로그램들을 두드려 가며 차를 찾기 시작했다. 로빈이 무기들이 걸려 있는 벽 쪽으로 다가가며 말했다.

"알아서 쓸 거 챙겨라!"

시몬이 달려와 소총과 수류탄을 쓸어 담기 시작했으며 세르네는 적당한 기관단총을 집어 입맛에 맞게 부착물을 붙였고, 클라이드는 그냥 멍을 때렸다. 그때 세르네가 클라이드의 뒤통수를 가볍게 때리며 말했다.

"뭘 그렇게 넋을 놓고 있어?"

"아… 그게… 전 이런 건 잘 몰라서요…."

클라이드가 대답하자 세르네가 아무 말 없이 권총을 하나 집어 들며 익숙한 손놀림으로 장전하고 부착물을 끼우며 클라이드에게 건네주며 말했다.

"M1911, 2098년 개량모델이지. 그동안의 단점이 모두 개선 됐으니 매우 쓸만 할 거야"

"아… 네…."

클라이드는 뻘쭘해서 로빈과 시몬 쪽으로 시선을 돌렸다.

"와… 나 이거 써도 되냐?"

시몬이 로빈에게 물었다.

"맘대로 고르라니까?"

"웬일이냐, 구두쇠가"

"그만큼 이번 일이 힘들단 거지"

"아 맞아. 정확히 무슨 일인지 말을 안 해줬잖아."

로빈이 잠시 뜸을 들이다 입을 열었다.

"화이트라인의 본사로 침입해서 사옥 설계도를 얻어와야 해."

"음, 그래."

시몬이 가볍게 대답했다.

"뭔가 반응이 의왼데."

로빈이 말했다.

"너 이미 기업들한테 찍혔어, 몰랐어? 니가 가장 마지막으로 우리랑 했었다가 망했던 거. 그거 화이트라인 수송차였는데?"

"?!"

로빈이 안면의 모든 근육을 사용하여 표현한 것 같은 당황스러운 표정을 보였다.

"뭐, 왜, 뭐."

그 표정을 본 시몬이 약간 주춤하며 말했다.

"내가 기업한테 안 찍히려고 얼마나 노력했었는데…. 뭐, 어쩔 수 없지"

로빈이 한숨을 쉬며 말했다.

"자! 브리핑 들어간다. 모여봐."

로빈이 박수를 치자 금속과 살갗이 부딪치며 요란한 소리를 냈고 그 소리는 모두의 이목을 끌기에

충분했다.

"자, 나랑 이 새끼는 직접 안으로 들어갈 거야."

로빈이 시몬을 가리키며 말했다.

"그리고 꼬맹이 니가 드론을 조종할 때 저 친구가 널 지켜줄 거야. 드론이라는 게 얼마든지 추적당할 수 있는 기기니까 말이야."

로빈이 클라이드와 세르네를 가리키며 말했다.

"정확히 하면 난 드론이 들어갈 길을 틀 거야 너는 내가 길을 트면서 진입하기 쉽도록 최대한 소란을 피우고. 나머지 둘은 아까 말한 대로. 오케이?"

"완벽하네, 하나만 잘못돼도 다 뒤지는 것만 빼면 말이야."

시몬이 총에서 소음기를 제거하며 말했다.

"극단적인 게 내 매력이지"

로빈이 말했다.

"조건에 부합하는 것을 찾았습니다."

카디가 다가오며 말했다. 카디가 건넨 태블릿을 본 로빈이 말했다.

"흠, 속도가 좀 그렇긴 한데.. 뭐 이 정도면 거의 완벽하네."

"바로 가는 거야?"

세르네가 물었다. 로빈은 대답 없이 싱긋, 아니, 씨익 웃었다.

[14월 23일 새벽3시 워싱턴 D.C 화이트라인 본사 사옥 옥상]

"자, 아드레날린 한 번씩 빼시고"

로빈이 뭉툭한 회색 원기둥 모양의 주사기를 목에 꽂았고 안에 담긴 투명한 액체가 로빈의 혈관 속으로 타고 들어갔다. 정신이 깨어나고 심장이 빠르게 뛰는 것이 느껴졌다.

"자… 청소부씨, 시작하시죠."

"오케이."

귀에 꽂은 수신기로 화이트라인의 청소부로 위장한 시몬의 목소리가 들려왔다. 시몬은 신호가 떨어지자마자 수류탄을 들고 경비병 한 명을 붙잡아 수류탄을 얼굴에 던지며 말했다.

"This is for you!"

수류탄의 사거리 밖으로 뛰어나가며 들어오기 전에 붙여 놓았던 c4의 기폭장치를 활성화시켰다. 굉음이 일며 자동차 대여섯 대는 드나들 만한 구멍이 외벽에 뚫렸다. 그리고 시몬은 가방에서 소총 두 자루를 꺼내 허공에 미친 듯이 갈겨대기 시작했다. 폭발을 확인한 로빈이 뒤돌아서 앞에 보이는 환기구 뚜껑을 왼손으로 잡아 뜯었다. 뚜껑은 증강된 카본 팔의 악력을 이기지 못하고 우그러졌다.

"나도 진입할게. 아저씨 여기 폭발하나."

다시 한 번 밑에서 굉음이 울렸고 그 굉음이 배기구를 타고 올라와 바로 앞에서 느껴지는 것 같았다. 굉음이 건물 전체에 울려 퍼지는 동안 로빈이 환풍구로 뛰어들었다.

"끅!"

환풍구가 일자로 이어져 있었는지 한 7층 가량을 떨어졌고 그 충격을 전부 다리로 받은 로빈이 신음을 흘렸다.

"어으, 죽을 뻔했네"

앞에 보이는 환풍구 통로가 매우 낮고 좁았기 때문에 기어갈 수밖에 없었다. 상반신 정도만 기어 들어가자 오른쪽 통로를 통해 화이트라인의 경비병들과 안드로이드들이 열을 맞춰 달려가는 게 보였다. 그걸 본 로빈은 전방에 남아있는 적은 자신이 처리할 수 있겠다고 판단하고 계속 나아갔다.

***

"긴장했나?"

세르네가 클라이드에게 물었다.

"아니라면 거짓말이겠죠."

클라이드가 방수침낭에 냉각젤을 채워 넣으며 말했다.

"그거 꼭 그렇게 해야 하는 건가?"

냉각젤을 채우는 클라이드를 보며 세르네가 물었다.

"제 드론은 신경계를 직접 연결해서 조종하는 방식이죠. 그 덕분에 전파 차단 방식으로는 조종에 문제가 없어요. 하지만 조종 시간이 길어질수록 몸이 과열되고 그러다 신체가 녹아 내리겠죠. 그걸 방지하는 거에요."

"엄청 대담한데? 까딱하면 죽을 수도 있는 건데 이렇게 사용하다니."

"먹고 살려면 어쩔 수 없죠. 잘 부탁드립니다."

클라이드가 침낭 속으로 들어가며 말했다.

"그래, 힘 닿는 데까지 지켜주지"

세르네가 옅게 웃으며 답했다.

***

'여기인가'

로빈이 기어가서 환풍구 뚜껑을 밀어 열자 엘리베이터 통로가 보였다. 아래를 확인하고 위를 보자 1m 정도의 거리를 두고 엘리베이터가 내려오고 있었다

"흐어!"

로빈이 특이한 소리를 내며 환풍구 안으로 피신했다.

'죽을 뻔했네.'

로빈이 가슴을 쓸어내렸다. 다시 통로를 내려다보자 하강하는 엘리베이터가 보였고 정지할 때를 기다리다가 엘리베이터가 정지하자 로빈은 망설임 없이 뛰어내렸다. 로빈은 엘리베이터 위에 안정적인 자세로 착지하였고 그저 베개를 떨어뜨린 정도의 소음밖에 발생하지 않았다. 로빈이 엘리베이터의 윗부분을 살피며 엘리베이터 내부로 들어갈 통로를 찾을 때 엘리베이터가 다시 위로 상승하기 시작했고 선명한 시몬의 목소리와 총기 난사로 인한 소음, 폭발음 등이 들렸다.

"충격과 공포다, 이 그지깽깽이들아!"

이후 시몬의 미친 듯한 웃음소리가 들렸다.

'미친놈'

이라고 로빈은 생각했다. 그리고 그때 시몬 또한

'그 좁은 통로를 기어갈 생각을 하네. 에휴, 이 미친놈.'

이라고 생각하고 있었다. 두 명의 미친놈들이 각자의 맡은 바를 열심히 행하고 있을 때 수신기 너머로 세르네의 목소리가 들

렸다.

"드론 준비 완료."

하지만 둘 다 말할 상황이 안됐다.

"준비됐으면, 한 번 안 됐으면 두 번 두들겨"

로빈이 어깨에 달린 마이크를 가볍게 두번 쳤다.

"알았어. 대기할게."

로빈은 자세를 숙이고 눈에 들어온 엘리베이터의 천장 뚜껑을 열고 조심스럽게 진입했다. 고개만을 먼저 들이밀자 바로 앞에 CCTV가 보였다. 로빈은 허리 뒤에 부착된 실시간 렌더링 장치를 활성화시키고 조심스럽게 진입했다. 들어가자마자 사무직원 한 명이 보였다.

"하아암…. 맨날 야근이냐 이 망할 블랙 기업 같으니라고 추가 수당이라도 주던가…"

사무직원이 하품을 하며 말했다. 하지만 로빈은 듣지 않고 벽면에 부착된 안내도를 보고 있었다.

'설계도의 정확한 위치는 모르니…. 일단 정보를 모아야지'

[79층:서버실] 안내도를 확인한 로빈이 재빠르게 78층 버튼을 누르고 다시 천장 위로 올라간 뒤 뚜껑을 덮었다. 잠시 후 엘리베이터가 78층에 멈췄고, 로빈은 79층의 문 앞에 섰다. 그리고 엘리베이터 안에서는 의문을 표하는 소리가 들렸다. 로빈이 문 사이에 손을 끼워 열려고 하자 문이 '우득'하는 소리를 내며 열

렸고, 대기하고 있던 경비병이 놀라며 총을 겨누었지만, 로빈이 권총을 뽑아 조준하고 방아쇠를 당기는 속도가 더 빨랐고, 총알은 바로 경비병의 미간을 관통했다. 그때 마침 엘리베이터가 다시 상승하기 시작해서 로빈이 문 안으로 몸을 굴려 들어온 뒤 재빠르게 쓰러지려는 경비병의 시신을 받쳐 조용히 눕혔다. 시신을 끌어다 구석에 숨긴 로빈이 다시 전진하기 시작했다. 벽에 붙어 복도를 슬쩍 바라보자 3명의 경비 인력이 보였다. 확실히 시몬이 소란을 피워서 인원이 준 것이 확실히 보였다.

'복도 양옆에 하나씩, 서버실 입구에 하나.'

로빈이 허리춤에서 섬광탄을 꺼내 들어 복도에 던졌다. 경비병들이 혼비백산하며 벽 뒤로 숨으려 했으나 던지기 전에 로빈이 뜸을 들인 탓에 떨어진 즉시 폭발했고 잠깐 동안 경비병들의 눈과 귀가 먼 상태를 로빈은 놓치지 않았다. 바로 양옆의 둘을 쏘았다. 하지만 자기도 모르게 긴장했는지 한 명은 깔끔했으나 한 명은 볼만 스쳤고 그를 처리하는 과정에서 한 탄창을 전부 비워 버렸다.

"씨발…!"

남아있는 서버실 입구 쪽의 경비병이 보이지도 않는 눈으로 무전기를 더듬거리며   아내 지원을 부르려 시도했다.

"여기는 서ㅂ 커헉…"

로빈이 재빠르게 칼을 던져 목을 관통하여 폐까지 도달시켰고,

경비병은 바람 빠지는 소리를 피거품과 함께 목에서 내뿜으며 쓰러졌다.

"지금 서버실 진입한다, 합류할 준비해"

"이게 바 ㄹ ㄱ…다..들ㅇ..ㅏ!"

총성에 묻힌 시몬의 목소리가 수신기에 들려왔다. 로빈은 빠르게 합류를 해줘야겠다고 생각하며 해킹용 스틱을 서버에 꽂으려다 멈칫했다.

"그래도 화이트라인이니…."

로빈이 혼잣말을 하며 검집에 손을 가져다 댔다. 잠깐 망설이다 검을 뽑았다. 하지만 평소의 장검이 아닌 검의 손잡이만이 분리되어 나왔다. 손잡이를 서버에 꽂자 손잡이의 옆면에서 태블릿 정도 크기의 홀로그램 화면이 떠올랐다. 홀로그램의 정보를 확인하고 저장을 누른 로빈이 손잡이를 뽑아내며 말했다.

"아 성능 확실하구만. 사길 잘했네, 127층이야, 올라오고, 드론도 올라와 안 들키게 조심하고"

"더럽게 늦었네, 개새끼야! 몇 층이고 자시고 나 좀 구하러 와! 지금 쓰고 있는 게 마지막 탄창이야!"

"넌 왜 꼭 총 두 자루를 챙기면 한 자루는 까먹냐?"

"아. 어쩐지. 내가 맞지도 않는 탄창을 챙겼을 리가 없지. 으ㅓ 이느어."

총알이 벽에 박히는 소리가 반복되고 다시 시몬의 목소리가 들렸다.

"아, 위치 들켰다. 곧 올라간다. 길 닦아놔!"

로빈이 왔던 길을 되돌아가 자신이 손으로 연 엘리베이터 문 앞에 서서 아래와 위를 바라보았다. 마침 5층 정도 위에 엘리베이터가 정지해 있었다. 로빈이 한치의 망설임 없이 몸을 십자가 형태로 펴고 그대로 등으로 낙하했고, 몸이 완전히 허공에 뜨자 중력을 무시한 듯이 뒤로 돌며 왼팔을 엘리베이터에 겨누고 손목 밑에 달린 핀을 뽑자 철끼리 강하게 부딪히는 소리를 내며 손등과 손목 사이에서 와이어가 사출되었다. 와이어가 빠르게 전진했고 와이어 끝부분의 갈고리가 엘리베이터 밑바닥에 박혔고 그것을 중심축으로 로빈이 벽을 사각형을 그리며 올라갔다. 한 바퀴 뒤로 돌며 반동을 이용해 위 천장에 착지한 로빈이 뚜껑을 다시 열고 안으로 들어가 127층을 눌렀다.

잠시 후 문이 열리자 중요시설이라 고정 병력인지 수십에서 백 정도는 족히 되어 보이는 인원이 있었고 그들은 로빈을 보고 있었다. 매우 유감스럽게도, 평범한 복장이었다면 그냥 되돌려 보냈겠지만, 로빈의 복장은 전투복에 가까웠고, 피까지 묻어있었다. 무기 또한 매우 많아서 총구를 겨누기에 충분했다.

"하하 이런 시발."

로빈이 등에 매달린 소총을 꺼내 마구 갈기다가 다시 엘리베이터 천장으로 올라갔다.

'이런, 독 안에 든 쥐구만.'

로빈이 서서히 레이저에 잘려 나가고 있는 엘리베이터 뚜껑을 보며 생각했다.

"하지만 하늘이 무너져도 솟아날 구멍은 있지."

로빈이 쓸쓸한 웃음을 지으며 말했다. 로빈이 왼팔에 CO2카트리지를 꽂아 방금 와이어를 사출하느라 소모된 가스를 보충했다. 그때 뚜껑이 완전히 절단됐고, 올라오는 경비용 안드로이드와 눈이 마주쳤다. 로빈은 바로 가슴에 부착되어있던 단검을 관자놀이에 꽂아 넣고 손목을 꺾어 칼날이 CPU를 무력화시키게 만들었다. 무력화된 안드로이드의 목덜미를 잡고 엘리베이터 안으로 뛰어들었고, 안드로이드를 들어 올려 방패로 삼은 뒤 탄창이 빌 때까지 소총을 난사했다. 탄창은 빠르게 소진되었고, 로빈은 대충 눈에 보이는 엘리베이터의 아래층으로 향하는 버튼을 누르고 수십 명이 난사하는 탄환 수백 발을 맞고 고철이 된 안드로이드를 붙들고 엘리베이터 위 천장으로 올라갔다.

엘리베이터가 방금 누른 층으로 가기 위해 하강하기 시작했으며 로빈은 그 즉시 와이어를 엘리베이터 문 위의 벽에 박아넣고 와이어를 최대한 늘린 뒤 문 위의 벽에 붙어 대기했다. 엘리베이터가 저 멀리 내려갔으나 로빈이 쏜 총알, 경비병들이 쏜 총알들이 벽에 박히고, 도탄되고 하면서 시스템이 맛이 갔는지 127층의 문이 닫히지 않았다. 경비병들은 긴장한 상태로 로빈이 다시 나올 것을 대비하며 경계하고 있었다. 로빈은 분위기를 살피며 와

이어를 이용해 진입할 준비를 하고 있었다. 로빈은 오른손엔 와이어, 왼손엔 안드로이드를 들고 있었다.

숨을 가다듬고 로빈은 남은 섬광탄 2개를 전부 던졌고, 경비병들이 고글의 섬광탄 차단기능을 활성화하기 위해 손가락이 방아쇠에서 멀어졌을 때, 로빈이 벽을 박차고 와이어를 이용해 진입했다. 방패로 삼고 있던 안드로이드를 던져 진영을 무너뜨리고, 안드로이드에 맞고 넘어진 적들은 바로 총탄에 꿰뚫렸다. 그렇게 쌓인 시체의 산에 몸을 숨긴 로빈이 수류탄을 던졌다. 던져진 수류탄은 바로 총으로 격발되어 폭발했으며 폭발에 폭발이 겹치자 매우 큰 폭발이 발생했고 127층의 일부분이 완전히 날아갔고 경비병들 또한 전부 처리됐다.

"c4도 섞여 있었나? 폭발이 이렇게 클 리가 없는데?"

그때 로빈이 타고 온 엘리베이터 옆의 엘리베이터가 열렸다. 로빈이 소리에 반응하여 들고 있던 총을 겨눴다.

"워어. 진정해 진정."

시몬이었다.

"그래서 이제 어디로 가야하나?"

수신기에서 세르네의 목소리가 들렸다.

"뭐야? 보고 있어?"

로빈이 물었다.

"여기 있잖아."

시몬이 손에 든 드론을 흔들었다.

"오. 다들 진행이 빠르네. 음…그래. 어쨌든 따라와. 위치는 다 외웠어."

얼마 안 가 매우 두꺼워 보이는 철문이 나왔다.

"오 이런 이건 예상 못 했지?"

시몬이 물었다.

"아니, 자, 봐봐 문은 더럽게 두껍지만, 벽은 문에 비해 얇지"

로빈이 왼 다리에 달린 주머니에서 깔대기처럼 생긴 물건을 꺼냈다.

"2074년식 흡착지뢰지. 벙커 문짝까지도 뚫을 수 있어. 내부에 피해는 좀 가겠지만… 설계도는 안쪽에 있을 테니 문제 없지."

로빈이 바로 벽에 흡착지뢰를 붙이고 격발시켰다. 폭발이 지나간 구멍에 손을 넣고 당기자 열 때문에 물렁해진 철이 종이 찢기듯 찢어졌다.

"앗찌뜨아! 스으읍, 하"

시몬이 도우려 하다 손을 데었다. 로빈이 시몬을 비웃었고 시몬이 로빈의 뒷통수를 세게 때렸다. 뜯어낸 쪽으로 진입한 로빈이 바로 설계도를 찾아냈다.

"뭐야 바로 앞이네? 망할 뻔했다 야."

"하여간 대책 없는 새끼"

시몬이 한심하다는 눈빛으로 말했다. 클라이드의 드론이 설계도가 든 USB를 복사하기 시작했다.

"이제 잘 챙겨서 도망가기만 하면 되는 거야. 드론은 알아서 빠르게 복귀해."

로빈이 권총으로 복도의 유리창을 깨며 말했다. 그때 바깥이 소란스러워졌다.

수많은 발걸음과 사이렌 소리가 들렸다. 로빈과 시몬은 즉시 큰 복도로 나가 실내 테라스를 통해 상황을 판단했고, 답은 빠르게 도출됐다. 본진이다. 위험을 감지한 로빈과 시몬의 귀에 다른 소리가 들리기 시작했다. 프로펠러 소리였다. 거대한 헬기가 깨진 유리창을 통해 그들을 조준하고 있었다.

"이런, 씨"

헬기가 미사일을 발사했고, 그들은 폭발로 인해 건물 밖으로 튕겨 나왔다.

***

로빈은 얼굴에 물이 닿는 감촉에 깨어났다. 눈을 뜨자 보인 건 세르네의 얼굴이었다.

"겨우 살았네. 떨어진 쪽이 우리가 있던 쪽이고 건물이 밀집해 있어서 산 줄 알아."

로빈이 팔을 움직였으나 왼팔이 제대로 작동하지 않았다. 슬쩍 보니 팔꿈치의 볼트는 완전히 으스러졌고 겉의 장갑은 거의 다 부서져 뼈대가 드러나 있었다. 오른쪽을 바라보니 시몬이 주저앉아 쉬고 있었다.

"허. 이걸 안 죽네."

로빈이 말했다.

"니가 충격을 흡수한 것 같아 그 팔로 그쪽 팔이 약간 바닥에 박혀있었거든."

"실례합니다. 로빈 노일벨 씨 이십니까?"

다른 언어의 억양이 묻어나는 목소리가 들렸고, 세르네가 총을 뽑아 들어 경계했다. 앞에서 걸어오는 정장차림의 중년남성이 보였다. 아마도 목소리의 주인일 것이다.

"아뇨, 아뇨. 뭔가 위험한 걸 하려는 게 아닙니다." 남자가 양손을 들었지만 세르네는 경계를 풀지 않았고, 나머지 로빈과 시몬 방금 침낭에서 나온 클라이드도 똑같았다.

"흠. 제 소개를 하죠. TST의 비서실장 박현신이라고 합니다.

편하게 제임스 박이라 불러주시죠."

남성이 명함을 건네며 말했다.

"TST? 대기업께서 무슨 일인가?"

로빈이 빈정거리며 물었다.

"간단합니다. 저희 쪽으로 오시죠."

"갑자기 그게 무슨 개소리일까?"

"사실은 이번 현상금은 TST 쪽에서 건 겁니다. 유능한 전투인원이 필요해서요. 저희 쪽으로 오시죠. 지금의 현상금 보수보다 훨씬 더 받을 수 있습니다. 아, 참고로 임무 성공에 대한 보수는 이미 입금했습니다. 자, 저희 쪽으로 오시죠."

"꺼져. 내가 INC 소속의 기업들을 좀 많이 혐오해서 말이야. 절대 안가."

"INC를 왜 혐오하실까요. 세계평화유지 기구인데"

"UN이었을 때는 그랬겠지."

로빈이 일어나서 큰길 쪽으로 향했고 나머지 3명도 뒤쫓았다. 박현신이 잠깐 동안 로빈을 바라보다 다시 입을 열었다.

"화이트라인의 보안을 뚫었단 건 저희에게도 충분한 위험이 됩니다. 당신들이 경계 인물이 된다는 소리입니다."

로빈은 무시하고 나아갔다.

"…"

박현신이 무표정한 얼굴로 로빈을 응시했다.

***

"와 세상에 존나 노골적이네"

큰 길로 나오자 시몬이 입을 열었다.

"기업들이 눈 돌아가면 다 그렇지 뭐. 자 퀸스로 돌아가자. 내가 술 산다."

로빈이 말했다.

"오. 나 비싼 거 시킨다. 통장 털릴 준비… 아!"

시몬이 웃기 시작했다.

"넌 15%, 너는 20%, 그리고 너는 30%, 바로 송금할게"

로빈이 핸드폰을 꺼내며 말했고 시몬은 더욱 깔깔대며 미친 듯이 웃기 시작했다.

"야, 좀 웃어라."

로빈이 세르네의 어깨를 잡으며 말했다. 하지만 세르네는 심각하게 어딘가를 응시하고 있었다. 세르네의 시선을 따라가보자 로빈은 경악을 금치 못했다. 모든 빌딩들의 전광판에….

[WANTED-DEAD OR ALIVE :
로빈 노일벨 , 시몬 오브라이언, 세르네 휴고, 클라이드 모니크.
명당 $10,000,000]

분명히 헬멧으로 가렸을 터인 맨 얼굴이 전광판에 그대로 드러나고 있었다. 이 상황에 로빈은 한마디밖에 할 수 없었다.

"시발?"

***

"왜 아직도 실행이 안된 거지? 지금 무슨 일이 벌어졌는지 알기나 해?"

하워드 필립스가 핸드폰 마이크에 대고 소리를 박박 질렀다. "현재 배송이 거의 다 이루어졌으니 조금만 더 기다려 주시지요. 반드시 만족하실 만한 품질을 보여드리겠습니다." 기계음이 과하게 섞여 기분 나쁘고 적응 안 되는 목소리가 들렸고, 잠시 뒤 그것이 웃기 시작하다가 통화가 종료되었다.

[part 1 end]

▽ 그 순간에 멈춰 생각해 볼 것들

이서영

어스레한 초저녁, 나는 의자에서 벌떡 일어나 거실로 향했다. 그곳엔 내가 가장 좋아하는 악기인 피아노가 놓여 있었다. 가만히 앉아 손은 살포시 건반에 가져다 놓았다. 그 순간 온 신경이 손가락에 집중되었다. 그리고 주변은 말 그대로 고요함 그 자체였다. 또한 시간이 멈춘 듯했다. 이내 눈을 감고 건반을 눌러 연주할 준비를 했다. 내게 있어 그 장면이 가장 고요하고 차분하며, 침착했다. 그냥 앉아 있을 때도 이런 기분은 느껴보지 못했는데 꽤 신선한 경험이었다. 그렇게 시끄러웠던 내 마음도 그 자리에서 점점 조용해졌고 마침내 건반을 눌러 연주를 시작했다.

 한 음, 한 음 들리는 피아노의 선율이 곧 하나의 노래로 울려 퍼졌다. 악보에 박힌 한 마디, 한 마디는 글자가 되어 나만의 노래로 울려 퍼졌다. 또, 나만의 서사를 이루었고 상상력 또한 발휘되었다. 악보를 보며 연주를 하는 것은 상상 속에 존재하는 나를 보는 것과 같다. 내가 만든 세상 속에서 내가 덩그러니 놓여 있는 것은 황홀한 감정을 선사한다. 이같이 음악은 말로 형용할 수 없을 만큼 상식 밖의 일이 펼쳐주기도 한다.

 내가 자주 치는 Flower Dance의 경우부터 설명해보겠다. 처음엔 마음이 고요한 상태로부터 시작했을 때 본연의 색을 매우 적나라하게 표현해낸다. 그리고 본격적인 멜로디가 시작될 무렵 경쾌한 박자와 속도감으로 연주가 진행됨을 알린다. 곧 낮은 음의 반주가 멜로디를 부드럽게 이어준다. 그리고 다시 초반부로 음만 살짝 달리해서 물 흐르듯 자연스럽게 울린다.
 어느 곡을 치든 손가락의 힘은 적당히 풀어주고 강약 조절이 될 정도로만 유지하면 충분하다. 그리고 초중반으로 들어서는 반주와 멜로디 모두가 깨끗하고 깔끔한 음색을 방 한가득 울려 퍼지게 해주면 마음이 편해지고 내면은 고요하며 평화로워진다.

평화까진 아닐 수 있지만, 요동치지는 않을 것이다. 다음으로 음은 낮아지고 한층 더 무거운 분위기를 선사할 때 다음으로 넘어갈 준비를 한다. 이 부분은 칠 때마다 분위기가 사뭇 다르게 보인다. 어쩔 땐 긍정적으로 나아가는 듯한 기분이 느껴지기도 하고, 어쩔 땐 우울하기도 한 복합적이고 복잡한 심경을 나타낸다.

사실 음악을 다룰 땐 무엇하나 정성 들여 치지 않으면 리듬감이 손실되고 엇박자가 나게 되면 음의 본질적인 요소를 박탈당하게 되어 한 마디로 곡을 망치는 거나 다름없다. 그렇기에 반주 하나와 멜로디 하나에 박자와 리듬감을 살려주어야 한다. 그래야 피아노의 독특한 분위기와 곡의 곡조를 한층 더 깊이 있게 만들어주기 때문이다. 그래서 그런 부분은 하루 이틀 본다고 느는 것이 절대로 아니다.

삶도 그렇지 않을까. 하루, 하루에 정성을 다하고, 만나는 한 사람, 한 사람에 마음을 쏟고, 한 문장, 한 문장을 집중해서 쓰고…. 이렇게 살다 보면 어느 순간 이 모든 것이 어우러져 하나의 멜로디가 되고 멋진 곡조를 이룬다. 매 순간이 행복할 수는 없다. 어느 순간은 힘들고 고되지만, 어느 순간은 잔잔한 만족을 느끼게 한다. 이렇게 희노애락이 깃든 삶의 이야기는 Flower Dance처럼 누군가에게 무언가를 느끼게 하지 않을까.

▽ 생각

김문규

어느 한 골목길 가로등이 세워져 있었다. 나는 그 길을 걷고 있었다. 깜깜하고 어두운 밤길 조금씩 비가 내리기 시작했다.

나는 한참 동안 비를 맞으면서 아무 생각 없이 걷고 있었다. 나는 정신을 차리면서 이것저것 생각했다. 나는 왜 어두운 골목길을 걷고 있을까? 나는 왜 멍하니 비를 맞고 있었을까?

사람은 이렇게 사소한 생각을 자주 한다. 생각을 많이 하면 좋다. 그런데 어쩔 때는 생각을 많이 하다 자기가 해야 할 것도 안하고 있다면 24시간이라는 시간을 허무하게 버리는 것이다. 시간을 버린다는 것은 자기의 수명도 1년씩 깎인다는 것과 마찬가지다. 자, 예를 들어 인간, 사회적 동물·언어를 구사할 줄 아는 동물 감정·이성이 있는 동물 중 가장 진화한 존재이다. 사람은 가끔씩 '나는 언제 죽을까?' 이런 생각을 한다. 나 또한 마찬가지다.

죽음은 자연스런 현상이다. 인간에게 공평한 게 있다면 죽음은 피할 수 없는 현상이다. 나의 생각은, '내가 내일 죽을까?' 이런 생각은 안 좋다고 생각한다. 말이 씨가 되는 경우도 있기 때문에 안 하는 게 좋다고 생각한다.

인간은 하루에 수천 가지 생각을 한다. 그러면 생각이란 것은 무엇일까? 생각은 자기만의 느낌이나 의견이다. 이것을 다른 말로 해석하면 결론을 얻으려는 관념의 과정이다.

나는 오늘 친구랑 학교에서 공부를 했다. 바로 우리가 제일 싫어하는 시험 기간이기 때문이다. 나는 친구랑 밤 늦게까지 공부하고 집에 들어가서 씻고 밥 먹고 침대에 누워있었는데 나는 또 생각에 잠겼다. 왜 나는 친구보다 공부를 못하는 거지? 내 인생에서 공부가 그렇게 중요한가?

공부란 무엇인가. 모든 사람들은 공부를 싫어한다. 공부를 좋아하는 사람도 있다. 하지만 그건 극소수이다. 공부는 남들보다 잘하려고 하는 게 아니라 나 자신과의 싸움이다.

공부를 남들보다 잘하려고 한다면 아, 내가 쟤보다 잘해야 하는데 이런 압박감 때문에 공부하기가 힘들다. 왜 나 자신과의 싸움이냐면, 공부를 하느냐, 안 하느냐에 따라시 결정이 된나. 근데 만약에 여기서 공부를 한다를 선택하면 이제부터 자신과의 싸움이 시작될 것이다.

게임, 놀기 등등 이런 걸 안 하고 공부에만 집중할 수 있을까? 이게 문제다. 만약 진짜로 공부에만 집중한다면 그것은 나 자신과의 싸움에서 승리한 것이다. 하지만 공부를 하다가 중간에 딴 짓을 하면 그건 승리한 게 아니다.

자, 그럼 공부란 무엇인가. 공부는 지식이다. 공부를 해야 지식이 늘고 그러니까 나는 지식이라고 생각한다.

휴…. 오늘도 너무 잡생각을 많이 했어. 요즘 따라 생각을 많이 하네. 사춘기인가…? 에이 모르겠다. 잠이나 자야지. 다음 날의 오늘은 사소한 생각하지 말고 있어야지.

검눈송이

-박서은-

새하얀 눈송이 흩날리는 저녁 길은
왜인지 모를 검은 눈송이가 섞여들고

흐드러져 나려오는 푸른 달빛은
내리는 눈송이 부딪혀 바스라지네

저 검눈송이 나래를 들썩이니
일렁이는 성냥불 하나 위태로이 흔들리고

눈송이 검은 놈 바닥에 붙으니
잿발자국 찍힌 곳 또다시 검게 물드네

저 검눈송이 성냥불 꺼뜨려도
저 검붉은 눈송이 달빛 바스라뜨려도

푸른 달은 비추어 올 것이고
벌건 해는 계절과 함께 떠오르니

검은 놈 너는 새 봄이 오는 그날까지
찬찬히 녹아 사라져라

왜일까?

-윤성령-

12월만 되면 모두가 들뜬다.
크리스마스가 있어서일까?
힘들었던 한 해가 끝나서일까?
새로운 한 해를 맞이해서일까?
아니면… 너와 함께여서일까?

12월의 거리

-윤성령-

거리를 지나다닐 때면 모두들 크리스마스를
기다리고 있는지 가게마다 캐롤을 튼다.
노래를 들을 때마다 가슴이 몽글몽글 해지면서
크리스마스가 더욱 기다려진다.
자선냄비까지 더해져 딸랑딸랑 종소리까지
들린다면 크리스마스가 가까워진다고 느낀다.
이것이 바로 12월의 거리가 아닐까?

새해 선물

-윤성령-

새해가 시작되면 다들 버킷리스트를 쓴다.

다이어트 성공해서 살 빼고 예뻐져야지.

공부 열심히 해서 전교 1등 해야지.

운동 열심히 해서 3대 500 찍어야지.

모두들 작년에 다짐했던 것들을 다시 다짐한다.

어차피 이번에도 이루지 못할 걸 알지만

새해에 뭐라도 시작해보고 싶은 마음에

어려운 과제를 나에게 선물한다.

바이러스

-오민지-

언제부턴가 나타난 바이러스
이름은 코로나19

모든 사람들의 삶을 괴롭히던
끈질긴 바이러스는

언제쯤 없어질 수 있을까?

괜찮아

-오민지-

나는 괜찮아

너도 괜찮아

우린 괜찮아

장래희망

모든 사람들에게 있는 장래희망

젊은 사람도
늙은 사람도
아픈 사람도
건강한 사람도
무식한 사람도
똑똑한 사람도

구분 없이 모든 사람들이 가질 수 있는 장래희망

2021년 10월 28일

-오민지-

16년 인생을 살며
나에게 정말 중요했던 날

열심히 준비한 만큼
나에겐 정말 간절했던
고등학교 입시

한 해 동안 열심히 준비하며
울고 웃고 화내고를 반복하며
보냈던 2021

경험

-오민지-

나는 올해 경험 덕분에
많은 것을 알았다.

모든 사람들이 나를 위해서
노력해주고 있다는 것을 알았다.

나를 응원해준 사람들을 위해,
아니면 나를 위해,

나는 2021년을 끝까지
잘 지내야겠다고 생각했다.

중3

-오민지-

중3은,

더 어려운 공부를 하게 되고,
학교에서 선배 눈치도 안 보고,
내년이면 고등학교를 입학하고,
선생님들의 터치도 얼마 안 받고,
맘 편히 학교를 다닐 수 있는 학년이다.

할 수 있다

-오민지-

사람들은 다 알고 도전하지 않아.

도전이라는 것은,
추억이고 경험이야.

도전을 하고 나에게 오는
결과는 딱 두 가지.

성공 또는 실패

사랑이란

-김하나-

어떤 시련이 앞을 막아도
함께 하기를 바라는 마음

흘린 눈물이 앞을 막아도
내 것을 나누고 싶은 마음

수 체계

-김하나-

가분수는 분수에서 분자가 분모보다 큰 수를 뜻한다
예를 들면 목표는 분자고 내 능력은 분모이다

유한소수는 소수점 아래의 수가 유한 개만 나오는 수
무한소수는 실수 중 유한소수가 아닌 것을 뜻한다
예를 들면 내 재능은 유한소수이고 내 꿈은 무한소수이다

마련

-김하나-

바람이 불면 흔들리기 마련이다
비가 오면 물이 고이기 마련이다
감기에 걸리면 아프기 마련이다
상처가 나면 쓰라리기 마련이다

하지만
겨울이 가고 봄이 오기 마련이다

선인장

-김하나-

무럭무럭 자라라고 물을 과하게 준 탓에
비틀비틀 시들어버린 나의 꽃

튼튼하게 자라라고 화분에 물이 고이게 준 탓에
뿌리 끝부터 썩어가고 있는 선인장

선인장을 예쁘게 키우고 싶은 욕심에
선인장이 죽었다

가까운 사람일수록

-천하은-

다른 사람에게는 잘만 하는
사랑해 라는 애정의 표현이
고마워 라는 감사의 표현이
미안해 라는 사과의 표현이
가까운 사람일수록 더 어렵다

가까운 사람일수록
더 사랑하고
더 고마워하고
더 미안해해야 하는데
너무 어렵다

표현

-천하은-

속에서 열불이 끓어도
속에서 눈물이 쏟아져도
속에서 상처가 생겨도
표현을 하지 않으면 모른다

네 속에서 열불이 끓는지
네 속에서 눈물이 쏟아지는지
네 속에서 상처가 생겼는지
표현을 하지 않으면 모른다
아무도 모른다

이런 게 사랑일까?

-천하은-

눈도 작고

코도 낮고

얼굴도 크고

피부도 까무잡잡하니

어디 하나 잘난 구석도

하나 없는데

나는 왜 그런 네가 너무나도 좋을까

이런 게 사랑일까?

스마일

-천하은-

웃으면 행복해 진다는데
웃으면 복이 온다는데
웃으면 기분이 좋아진다는데
웃으면 더 예쁘다는데

나도 행복해지고
복도 받고
기분도 좋아지고
예뻐지고 싶은데
웃으면 그렇게 된다는데
다 아는데
웃는 게 너무 힘들다.

겨울

-천하은-

춥지만 따뜻한 공기
설레는 분위기
새하얗게 내리는 눈
뜨끈뜨끈 맛있는 길거리 간식들
차갑지만 시원한 공기
겨울만이 가지고 있는 매력

WATER

-천하은-

이 세상에 나 혼자 남겨진 듯
고요하고 잔잔한 물소리
누군가 날 감싸 안아주는 듯
포근하게 나를 감싸주는 물
마치 나를 위로하듯
토닥토닥거리는 물결
내가 심심한걸 아는 듯
나를 놀아주는 물

생일

-천하은-

1년에 단 하루밖에 없는 날
세상을 만나게 된 날
하루종일 기분이 좋은 날
며칠 전부터 기대되는 날
세상의 모든 축복이 내 것만 같은 날
누구에게나 축하를 받을 수 있는 날

그런 날

-천하은-

아무것도 하기 싫고

내 편이 아무도 없는 것 같고

날씨도 흐리고

밥도 맛없고

사는 게 힘들고

너무나도 외롭고

기분도 우울하고

내 마음대로 되는 게 하나 없는

그런 날

오늘이 바로 그런 날이다

비

-천하은-

톡 톡 톡
주룩 주르룩

둥근 모양
타원형 모양
막대 모양

소리도 모양도
참 다양하구나

장마

하늘도 칙칙하고
습하고 꿉꿉하고
땅도 질척거리게
만드는 너지만
난 네가 싫지만은 않다

너도 요즘 나처럼 슬픈 일이 있었는지
계속해서 눈물을 흘려 보내는구나

그래서 난 니가 좋다
마치 나를 위로해주듯
나를 대신해서 울어주는 것만 같아서

꽃

-천하은-

보고만 있어도
기분이 좋아지고

향기로운 냄새는
매일 향기를 내뿜고

누군가 함부로
건드리지도 못하고

행복하고 기쁜 날이면
항상 함께하고

나도 그런 꽃처럼
되었으면

▽ 후기

천하은

코로나19로 인해 제대로 된 학교생활을 하는 데 많은 어려움이
있었습니다. 처음으로 원격수업을 하기도 했고 친구들과 만나는
날도 점차 줄어들어 추억을 쌓을 일이 없었습니다. 이번 중학교
시절 마지막 3학년 '모여라 글쟁이' 동아리에 참여하면서 많은
어려움을 겪기도 했지만 처음으로 나의 소설을 완성시키고 친
구들의 이야기와 엮어 책을 출판하는 뜻깊은 경험을 했습니다.
저의 소설을 완성시키는 데 많은 도움을 주신 가족, 친구, 주변
분들에게 진심으로 감사드립니다. 코로나19로 인해 힘든 상황에

서 이렇게 뜻깊은 경험과 추억을 쌓게 해주신 양철웅 선생님께 감사하다는 말씀 전하고 싶습니다.

채서희

동아리도 하기 힘들던 시국이었는데 동아리 시간에 소설도 쓰고 의견도 나누며 소설을 완성시키는 일을 성공했다. 그리고 소설을 쓰면서 선생님께 감사한 점은 선생님도 코로나 시국으로 힘드실 텐데 우리에게 소설을 쓸 수 있는 기회를 주셔서 감사했다. 그리고 소설을 써본 소감은, 처음 써보지만 재미있게 쓰고 내가 글을 쓸 수 있다는 것을 알아서 새롭고 좋았다.

정시후

하루에 3~4시간 정도는 썼던 것 같습니다. 지역이나 관련 정보들을 찾는 데에도 꽤 시간을 들여 귀찮다고 생각했고, 잘 안 풀릴 때 답답했던 적도 꽤 있었지만 그래도 평소에 상상만 하던 것들을 글로 옮겨보니 나름 신선하고 재미있었고 생각했던 대로 글이 나와서 매우 만족스럽습니다.

이채림

동아리 시간에 처음으로 책을 써봤다. 주인공을 정하고 이야기도 다 내가 정해서 한 거는 처음이다. 처음에는 어떤 주제로 할까 고민을 엄청 많이 했다. 주제를 많이 바꾸기도 하고, 주인공의 설정도 많이 바꿨다. 내가 생각한 내용으로 책이 흘러갔다. 근데 조금 짧지만 내가 쓴 글을 보면 뿌듯하다.

이서영

혼자 글을 썼을 땐 부담없이 쓰다가 책에 나올 글을 쓰려하니 부담되는 부분이 꽤 많았다. 예전부터 책에 나올 글을 한번 쓰고 싶었는데 이렇게나마 이루어진 것 같다. 이를 통해 '화합'이라는 의미를 다시금 깨달을 수 있게 해준 계기가 되었던 것 같다. 그리고 글을 쓰는 의미를 또 한 번 몸소 느끼게 해주었던 것 같다. 아마 그 순간만큼은 내게 꼭 필요한 순간이자 글에 대한 또 다른 의미를 부여해주는 순간인 것 같다.

윤성령

처음 소설을 쓰고 시를 쓸 때는 귀찮고 동아리 선생님이 하라고 하니까 어쩔 수 없이 소설과 시를 쓰게 되었지만, 내 생각과 감정, 느낌을 내가 쓰다 보니까 점점 재미있어지고, 다 쓴 시를 보니까 뿌듯하기도 하고, 기분도 좋았다.

우영리

모여라 글쟁이라는 동아리를 어쩌다 보니 들어오게 되었다. 내가 하고 싶은 동아리는 아니어서 속상했지만 글을 쓰는 것이 생각보다 재미있고 나와 잘 맞는 것 같아 동아리에 들어온 점이 후회되지 않았다. 제일 마음에 든 점은 나의 상상력을 글로 표현할 수 있어서 신나게 글을 쓴 것이다. 중간에 글을 쓰기 어려웠지만 선생님께서 좋은 아이디어를 많이 알려주시고 친절히 가르쳐주셔서 글을 잘 마무리할 수 있었다. 별 기대하지 않고 들어온 동아리지만 3년 동안 한 동아리 중 가장 재미있고 의미 있는 시간이었던 것 같다.

오민지

원래 독서를 하지 않는 제가 독서 동아리 활동을 접하게 되었습니다. 독서 동아리를 들어오고 나서 여러 가지 책을 읽으며 많은 지식을 얻게 되었습니다. 저는 여러 가지 시를 썼습니다. 시를 쓰면서 제 삶을 다시 되돌아보는 좋고 새로운 경험이었던 것 같습니다. 이렇게 저에게 좋은 경험을 하게 해주신 양.철.웅 선생님께 정말 감사하다는 말씀을 드리고 싶습니다. 저의 후배들이 배우게 된다면 유익한 시간이 될 것 같습니다. 책 읽어주셔서 정말 감사합니다.

박혜인

첫 소설을 쓰면서 짧지만 신기했다. 정말 처음부터 끝까지 고민하고 또 고민하며 썼는데 직접 써보니 소설 한 권이 비싸다라는 걸 알게 되었다. 한 주제를 가지고 내용을 정하고 고치고 추가하는 걸 반복하면서 짧게 쓰기만 했는데 정말 엄청 고민하고 고민했다. 길게 쓴다 생각하면 쓰고 싶지 않다. 재미있는 경험이었다.

박서은

친구들과 책을 쓰는 동아리를 들어왔다. 친구들과 함께 책을 쓸 수 있어서 참 좋았다. 하지만 책을 쓰다가 내 소설을 잃어버려서 정말 슬펐다. 하지만 어쩔 수 없이 시를 쓰게 되었지만 이 시를 쓰면서도 재밌었기 때문에 후회가 되지 않는다. 이 동아리에 들어와 새로운 경험을 할 수 있어서 좋았다.

김하나

얼떨결에 들어오게 된 모여라 글쟁이 동아리에서 예상치 못했던 책을 만들게 되어서 영광입니다. 살면서 꼭 한번 책을 만들고 싶었는데 좋은 기회가 찾아왔습니다. 처음 쓰는 소설이라 어떻게 해야 할지 모를 때, 친구들이 쓴 소설을 읽어보고, 많은 영감을 얻을 수 있었습니다. 이런 저런 상상을 하면서 소설을 쓰다 보니 생각을 더 깊게 파고드는 시간이 되었습니다. 제가 직접 쓴 첫 소설이라 부족한 점도 많고, 고칠 점도 많지만 소설을 다 쓰고 나니 무척 뿌듯했습니다. 중학교 3학년, 중학교 마지막 끝을 재미있게 마무리하고, 기억에 남을 추억을 선물해 주신 양철웅 선생님께 감사하다는 말, 꼭 전하고 싶습니다. 마지막으로 책을 만드는 데 적극적으로 참여하고 노력한 동아리 친구들 모두에게 수고했다는 말을 전합니다.

김유영

책을 쓰기 위해 내용을 생각하던 중 내가 경험했던 일에서 의미가 있었던 일을 골라 그 일 이후의 미래의 나, 그리고 목표를 이루기 위해 노력하는 나를 글로 표현하고자 했다. 글을 쓰면서 글의 내용에 대해 고민을 많이 했고 아이디어를 생각해 내는 과정에서 많이 어려웠다. 글을 쓰는 것은 무척이나 어려웠고, 다시 한번 작가님들이 대단하다는 것을 깨달았다.

김문규

너무 즐거웠다. 그리고 힘들었다. 코로나 시국이라 힘들었는데 이렇게라도 동아리를 할 수 있어서 기쁘다.

김건

이번 소설을 쓰면서 제가 생각한 것들을 글로 표현을 하니 뜻 깊은 경험이었다. 평생 잊을 수 없는 경험을 하여 좋았고, 소설을 쓸 때 도움을 주신 선생님께 정말 감사합니다!

양철웅

1학기가 끝나가는 6월에 복직하고 중학교 3학년 독서 동아리 친구들을 처음 만났다. 각자 개성이 다양한 친구들이었다. 동아리 이름을 '모여라 글쟁이'로 바꾸고 소설을 써서 책을 만들어보자고 제안했다. 독서하는 줄 알고 왔는데, 갑자기 글쟁이가 되라니, 아이들은 당황했지만 선생님의 제안에 따라주었다. 청소년이 쓴 단편 소설을 함께 읽으며 소설을 어떻게 쓸지 생각해본 후, 창작을 위해서 자기 자신을 분석해보고, 주인공과 조연들을 상상했다. 그리고 그 인물들이 그려내는 이야기를 고민했다. 사실 책을 내자고 아이들에게 이야기한 후에도, 책으로 완성할 만큼 아이들이 소설과 에세이, 시를 쓸 수 있을까 반신반의했다. 졸업 직전까지 격려와 독촉, 피드백이 오갔지만, 누구 하나 불평하거나 포기하지 않고 끝까지 따라와 주었다. 아이들에게 정말 고맙다는 말을 전하고 싶다.

봄이 오기 마련이다